영화가 내 몸을 지나간 후

영화가 내 몸을 지나간 후

정희진 지음

정희진의 글쓰기 4

교양인
GYOYANGIN

1장 갈증의 언어
"언어는 언제나 현실보다 늦게 당도한다"

2장 통증의 위치
"나는 어디에서 말하고 있는가"

3장 타자의 목소리, 나의 목소리
"다름은 진실을 해체한다"

| 일러두기 |

본문에서 언급하는 주요 영화와 드라마는 원제와 제작 연도를 병기했다.
주요 도서는 초판의 출간 연도를 병기했다.

내가 쓴 것이 나다

남성성의 의미는 없다. 초월적 자아와 같은 대표적 남성성은 그
들이 그런 존재가 되고 싶었기 때문에, 스스로 만들어낸 의지의 산
물이다.* – 웬디 브라운

1인칭 소설을 많이 읽었지만 《빙하와 어둠의 공포》에 등장하는
'나'처럼 희귀한 존재는 처음 보았다. 아무리 1인칭 관찰자 시점이
라 할지라도 '나'의 존재감은 독자에게 명료하게 느껴진다. 그런데
이 소설에서 '나'는 존재감이 너무 희박해 유령처럼 느껴진다. 그에
비하면 몽상적 존재인 마치니의 존재감은 훨씬 명료하다……. 이
소설의 미학적 바탕은 여기에 있다.** – 정찬

---

* 《남성됨과 정치—서구 정치 이론에 대한 페미니즘적 독해》, 웬디 브라운 지음,
정희진 기획·감수·해제, 황미요조 옮김, 나무연필, 2021.
** 《슬픔의 힘을 믿는다》, 정찬 지음, 교양인, 2020.

딸: (미국의 이라크 침략 전쟁에서 실종됐다가 8년 만에 돌아온 아빠에게) 오늘 인터뷰에서 뭐라고 하실 거예요?

아빠: 거짓도 진실도 말하지 않을 거야. 사정도 모르는 사람들에 게 뭐 하러 길게 이야기해?

　– 미국 드라마 〈홈랜드〉 중에서

《나를 알기 위해서 쓴다》(2020년)라는 제목의 책을 낸 적이 있다. 이 책은 그 반대 방향에서 쓰였다. 모든 글쓰기는 대상(영화)에 대해 쓰는 것이 아니다. 대상에 대해 말하는 사람을 드러내는 행위다. 우리가 알고 있듯이 '여성'이나 '동양'은 실재하지 않는다. 규범일 뿐이다. 여성은 남성이 쓴 것이고, 동양은 서양이 쓴 것이다. 간단히 말해 전자는 가부장제, 후자는 오리엔탈리즘이다.

첨예한 젠더 상황에서 간혹 남성 감독이 여성의 심리를 잘 표현하는 작품이 있다. 가부장제가 여성을 규정하기 때문에, 여성이 자신의 구조적 위치를 자각하고 사회와 경합하기 전까지, 남성이 여성을 '더 잘' 묘사하는 경우가 있다. 1995년에 박철수 감독이 감독·기획·제작하여 개봉한 〈301 302〉는 당시로서는 드물게 여성 두 명이 주인공인 영화였다. 이 영화는 젠더와 음식, 섹슈얼리티, 폭력에 대한 여성의 행위와 저항에 대해 깊이 있는 통찰을 보여주었다. 재현 주체인 남성 영화감독이 대상, 곧 여성의 심리를 잘 아는 드문 영화였다.

물론 재현 주체가 자신의 틀에 맞추어 대상을 규정하는 것은 성별에만 국한되지 않는다. 모든 지배와 피지배는 정의하는 자와 정의당하는 자 사이에서 일어난다. 서구 근대는 이 현상이 자본주의와 함께 전 지구적으로 확장된 시대를 뜻한다. 탈식민주의자 디페시 차크라바르티는 《유럽을 지방화하기》(2000년)에서 "그간 길고 길었던 나의 귀향의 여정은 결국 헤겔에게로 가는 길이었다"라고 썼다. 이 구절을 읽고 이 꼼짝달싹할 수 없는 진실 앞에 할 말을 잃었다. 부정하고 싶은 절망감이 나를 덮쳤지만, 그대로 몸에 각인되었다. '우리 것', '나'를 인식하고 찾는 과정조차 '그들의' 언어가 없으면 불가능하다. 그래서 탈식민은 귀향이 아니라 다른 사회를 만드는 실천이다. '전통'도 '현대'도 기존의 것에 대한 문제 제기로부터 시작해야 하는 이유다.

내가 만들어진 과정을 알아야 나를 알 수 있다. 그것은 쓰는 행위 자체만으로는 불가능하다. 내가 좋아하는 영화 중에 〈내가 쓴 것(What I Have Written)〉(1995년)이 있다. 내용도 내용이지만, 영화 제목이 정말 좋다. 제목만으로 여러 가지 글감이 된다. 비윤리, 무지, 권력관계는 주체와 대상의 이분법에서 출발한다. 글쓰기가 힘들고 두려운 이유는 쓰는 사람이 대상을 창조하는 행위이기 때문이다. 이때 우리가 문제 삼아야 할 것은 대상(작품)이 아니다. 글로 쓴 대상을 공부하기 전에 글을 쓴 사람을 추적해야 한다. 우리는 언제나 모든 재현이 '누군가가 쓴 것'임을 인식하고, 그 사실을 잊지 말아야 한다. 그래서 '나를 알기 위해 쓴다'도 중요하지만 '나'는 매 순간 변화하고 움직이는 존재임을 각성하고 있어야 한다. 안정된 존재가 쓴 글은 바람직하지도 않지만 안정이란 애초에 성립 불가능하다. 성립 가능하다면 그 안정은 기득권 속의 안정일 뿐이다. 그래서 나는 불안정한(unstable) 상태를 존중하고 불안정한 상태에 있는 사람과 연대하고 싶다.

글을 쓰는 주체인 나를 알기 위해 나를 대상으로 삼은(삼는) 그들의 언어를 아는 것, 이것이 맥락적 지식이다. 우리는 상황에 따라 주체도, 대상도 될 수 있다. 중요한 것은 주체가 되겠다는 의지가 아니라 이 둘 사이를 지속적으로 왕복하는 성실성(integrity)이다. 그리고 그 누구도 객관성을 독차지할 수 없기 때문에, 모든 관점은 부분적 시각(partial perspective)일 뿐이다. 이에 더해 '왔다 갔다(流着)' 하는 불안정한(precarious) 상태가 인간의 조건이라고 생각한다. 이것이 앎이고 쾌락임을 받아들일 때 외로움도 덜하고 인생의 의미가 조금이라도 더 커진다. 이것이 지식의 본질인 맥락성, 상황성이다. 언어가 아무 데나 적용되는 것은 아니다. 특정 맥락 안에서만 의미가 있고 소통 가능하다. "거대 담론 말고 일상성"이라는 말도 여기서 나왔다.

영화에 대해 쓰는 것이 아니다

영화를 보고 나서 많이 하는 대화 중 하나는 "어느 장면이 가장 인상적이었어요?"일 것이다. 나는 이 말이 영화에 관한 '독후감'의 시작이라고 생각한다. 다른 장르에 비해 영화는 다양한 감각적 요소가 있다. 더구나 영화는 자본의 역할이 절대적이다. 그만큼 초기 아이디어와 최종 산물 사이에 여러 가지 상황이 개입되는 것을 피할 수 없다. 그런 점에서 영화는 겹겹의 예술이다. 얼마나 많은 상황 변화가 있었겠는가. 최초의 구상, 제작, 촬영, 편집 전 과정은 마치 유화에서 덧칠을 반복하는 것과 같다. 애초의 캔버스(스크린)는 보이지 않지만 이것도 창작의 일부다. 영화는 애초 '저 장면의 그 배우의 대사'가 아닐 확률이 큰 예술이다. 제작 기간이 길어지거나 불필요한 논란이 많을수록 그럴 것이다. 디렉터스 컷이나 홍상수 감독의 "촬영 날 아침에 대본 쓰는" 제작 방식은 '덧칠'에 대한 대응 방식 중 하나라고 할 수 있다.

내가 영화를 보는 방식 중 하나는 덧칠된 그림 이전의 작품을 상상하는 것이다. 덧칠은 최종 버전에서는 보이지 않아도, 만든 이의 몸에는 그 흔적이 남아 있다. 그 흔적은 무의식이 의식화된 형태나 불필요한 장면 따위로 드러나기도 한다. 흔히 말하는 '반전'은 덧칠 이전의 그림이 드러나는 순간이 아닐까.

그런 점에서 영화 관람은 굉장한 집중을 요하는 독서다. 나는 덧칠 이전의 그림을 확실하게 보고, 영화가 아니라 그 감독(창작자)을 분석한 사례를 알고 있다. 영화평론가 정성일은 절찬과 유명세를 받은 어떤 다큐멘터리를 한 장면, 한 장면 해석하고 썼다. 그 다큐가 만들어진 복잡한 과정, 타협, 작품 자체, 감독의 캐릭터와 역사를 '잘 아는' 나는 (거의 소스라치게) 놀라지 않을 수 없었다. 그는 스크린 '이전'과 '너머'의 글쓴이(감독)를 정확하게 파악하고 있었다. 그런 글쓰기는 인간을 정직하게 보는 윤리 의식과 정의감이 바탕이 되어야 가능하다.

　영화의 '보이는 밑그림들'은 관객들의 개인적 사건이 된다. 개별적인 몸에서 일어나는 일이기 때문에 대체 불가능한 나만의 버전일 수밖에 없다(야오이やおい 장르처럼 이미 퀴어 예술가들은 이러한 작업을 해왔다). '가장 인상적인 장면'은 그래서 맥락적이다. 어느 장면도 단독으로 존재할 수 없다. 어느 한 장면이 아니라 그 장면 전후의 서사와 나의 이야기가 조우할 때 가장 인상적인 장면이 탄생한다.

　나는 언제나 나만의 부분적 시각이 독창적 글쓰기가 될 수 있는 가능성을 모색한다. 부분적 시각은 당파성을 전제한다. 당파성은 글의 필수 요건이다. 아니, 당파성이 없는 글은 없다. 흔히 말하는 무당파도 당파니까. 주장이 없다면 글을 쓸 이유가 없다. 하지만 그 주장은 선언될 것이 아니라 설명되어야 한다.

이 책은 영화와 글쓰기를 좋아하는 이들을 위한 나의 글쓰기 레시피 공개서다.

물론 이 책이 그 임무를 제대로 수행했는지는 독자의 가치관과 '좋은 글'에 대한 취향에 달려 있다. 과정이 곧 결과(의 일부)다. 과정이 없으면 결과도 없다. 수단이 중요한가 목적이 중요한가라는 식의 질문은 의미가 없다. 글쓰기 과정이 '공개되는' 글, 필자의 사고방식을 독자가 파악할 수 있도록 쓰인 글이 좋은 글이라고 생각한다.

나는 좋은 글과 그렇지 않은 글의 판단 기준이 명확한 편이다. 글의 완성도와 '무관하게' 글을 읽고 글쓴이의 성격, 인격 심지어 그의 팔자, 글쓴이로서 롱런할지 아닐지까지 파악할 수 있다면, 일단 무언가를 보여준 것이다. 글을 읽었는데 글쓴이에 대해 아무것도 알 수 없는 글, 즉 글 제목 아래 어떤 이름을 붙여도 무관한 글은 생산자 표시가 없는 상품이다. 사기요, 불량품이다. 자기도취적인 글, 현학적인 글, 진부한 글은 좋은 글은 아니지만, 일단 그런 글들은 읽고 작자를 파악할 수 있으므로 어쨌든 판단 가능한 영역에 들어오는 글이다.

비평가 자신의 이야기

다른 이들처럼 나 역시 내 인생의 영화가 있고, 영원히 각인

되는 장면이 있다. 내 인생의 영화는 바뀌는 편이지만, 한 영화의 인상적인 장면은 거의 변하지 않는다. 이 책은 내가 영화를 볼 때 어느 지점에 착목하는가에 관해 말한다. 처음 영화를 볼 때 이런 관점으로 보겠다고 작정하고 보는 경우는 없다. 영화를 보고 나서야 내가 "이 영화를 이렇게 봤구나" 하고 어렴풋이 되새기고 의문을 품는다. 그리고 그 영화에 대해 쓰는 과정에서 조금 더 윤곽이 드러난다. 출판되는 글은 고쳐 쓰기를 반복하기 때문에 그 과정에서 나의 관점 역시 매번 바뀐다. 이 책에 실린 영화에 대해 몇 년 후 다시 쓴다면 다른 내용이 될 수도 있을 것이다. 이 책의 제목 후보 중 하나는 '한 장면으로 보는 영화'였는데, 마치 요즘 유행하는 '인문학 요점 정리' 같은 느낌이 들었다. 이 책의 요지는 한 장면으로 '전체'를 해석하고 '확장'하고 다양한 버전으로 보는 방식을 공부하는 데 있다.

영화를 보고 인상적인 장면이나 생각하는 주제가 모두 똑같다면? 그런 인생, 그런 세상을 원하는 이들은 없을 것이다. 아니, 같은 감상은 불가능하다. 감상이 비슷하다면 우리는 획일화된 '○○주의'나 지배적인 통념에 갇힌 사회에 살고 있다는 뜻이다. 사회 구성원에게 환원주의나 전체주의가 강요되거나 우리 스스로 그것을 선택한다면, 그런 상황만큼 두려운 세계도 없다. 다행스러운 것은 우리의 몸이 똑같은 방식으로 텍스트와 접속할 수는 없다는 사실이다. 몸의 개별성 때문이다. 그러나 이

다행스러움이 실현되려면, 각자 다르게 접속한 방식을 드러내야 한다.

그 과정은 어렵기도 하고 그렇지 않기도 하다. 부분적 관점을 열심히 훈련하고 체화한다면 수월하겠지만, 나를 포함해 인간은 욕심이 많고 어리석다. 자신이 생각하는 자기와 타인이 생각하는 '나'는 대개 큰 차이가 있다. 자기 존재의 부분성을 깨닫고 자신이 무엇을 모르고 아는지를 알기 어렵다. 세상 탓을 하자면, '내 생각이 객관적'이라는 식의 자기방어 없이는 이 시대를 살기 힘들다. 윤리적이려고 노력하는 사람, '정신 승리'에 익숙한 사람, 그 중간에서 고뇌하는 사람…… 여러 유형의 인생이 좁은 우리 안에서 사투를 벌이는 시대다.

영화를 비롯해 모든 텍스트에 대한 의견은 그 텍스트를 경험할 당시의 자기 상황에 크게 좌우된다. 모든 독자가 경험했을 것이다. 상실, 행복, 좌절, 통증, 성취…… 인생의 다양한 맥락에 따라 영화의 내용은 달라진다.

그래서 영화의 주장은 감독이나 다른 관객 혹은 평론가가 정하는 것이 아니다. '내'가 정한다. 각자가 정한 그 생각들이 모여 바람직한 공동체를 이룰 수 있다. 탈북민을 다룬 차인표 주연의 〈크로싱(Crossing)〉(2008년)은 대표적으로 나와 다른 이들 사이에 의견이 크게 갈린 영화다. 나는 그 영화에 대해 글을 쓰거나 말할 기회가 없었다. 자기 검열도 있었다. 대다수가 반공 영화라고 봤고, 당시 정부가 아카데미 외국어영화상에 한국 대표 작품으로 출품하려고 했기에 더 그랬던 것 같다. 지인들과 싸울(?) 뻔했기 때문에 특히 기억에 남는다. 내가 보기에 그 영화는 국경이란 선(線)에 불과하다는 사실을 보여준 영화이고, 짧은 장면이지만 자살에 대한 깊은 통찰을 준 텍스트였다.

모든 말을 다 할 수는 없다

서두에 인용한 에미상 수상작 미국 드라마 〈홈랜드(Homeland)〉 (2011년~2020년)는 몇십 부작에 이르는 긴 이야기다. 이야기 전체를 이끄는 사람은 클레어 데인즈이고 남성 인물은 계속 바뀐다. 앞의 대사는 시리즈 초반의 남자 주인공이 하는 말이다. 그는 이라크 전쟁 참전 후에 완전히 다른 인생을 살게 된다. 트라우마 이야기가 아니다. 주인공은 복잡한 사연으로 시달린다. 이남자의 경험을 이해하지 않으면 줄거리조차 따라잡기 힘들다. 먼저 본 관객으로서 나는 다른 사람에게 이 드라마의 내용을 전할 자신이 없다. 그는 자신의 혼란을 말할 수 없다. 자신과 사랑하는 이들을 보호하려고 하지만 아무 말도 할 수 없다. 말한다면 세상의 오해로 모든 것을 잃게 된다. 게다가 말하고 싶지 않음과 말하려는 의지 사이의 경계도 모호하다.

자기 이야기를 남김없이 다 하는 사람은 없다. 말하기 자체의 어려움도 있지만 언어는 근본적으로 개인과 사회가 만들어 가는 과정이기 때문이다. 이 과정에 소수자의 의미와 배제와 투쟁 같은 민주주의를 둘러싼 의제가 있다. '만들어진다'는 말은 조작한다는 뜻이 아니다. 언어의 갱신은 공동체의 역량에 달려 있다.

〈홈랜드〉, 이 드라마를 만든 이들의 의도는 잘 모르겠다(아쉽게도 냉전 논리로 끝난다). 내가 생각하는 이 드라마의 주장은 '말할 수 없음'의 고통이었다. 모든 전쟁이 다 그렇겠지만 전쟁터에서 집으로 돌아오고 나서 진짜 전쟁이 시작된다. 이 드라마의 주인공도 그렇다. 그의 이야기를 들어주고 수용하는 사회라면, 드라마의 주인공은 조금은 행복했을지도 모르고 죽지 않았을지도 모른다. 그런 사회가 불가능에 가깝기 때문에 예술이 인간의 생존 방식이 된다. 고통이 없다면 종교와 예술은 없을 것이다.

그의 대사는 곧 내 이야기였다. 내 일상은 늘 실패하는데, 그 주된 원인이 바로 "사정도 모르는 사람들에게 길게 내 이야기를" 하는 데 있다. 소진과 망신의 삶이다. 잘 고쳐지지 않는다. 나는 드라마의 주인공과 나를 동일시했다. 나만 늘 복잡한 상황에 있다는 착각에서, 나는 침묵하거나 모든 것을 다 말하려는 극단 사이를 오간다. 물론 배경은 다르다. 그의 고통은 참전자의 문제에서 비롯된 바가 크고, 내 고통의 원인은 하고 싶은 말을 다 해야 직성이 풀리는 성품, 즉 협상력 부재에 있다.

　어쨌든 결국은 같다. '이생망'(이번 생은 망했다)이다. 나는 일단 마음먹으면 손해를 감수하고 말하는 편이다. 아니, 더 말할 것이 무엇인가에 골몰하는 것으로 하루를 보낸다. 이것이 내가 생각하는 공부다. 대개 지인들의 반응은 긍정적이지 않다. "맞는 이야기지만, 너만 손해." 그래도 이런 반응은 나은 편이다. "넌 아직도 할 말이 남았니?" 이런 사고는 공동체가 붕괴되기 직전의 현상이다.

　사회는 '우리'의, '나'의 이야기를 듣고 싶어 하지 않는다. 말하지 않으면 죽을 것 같은 절실한 이야기, 당연한 정의, 상식적인 권리는 말할 것도 없고 군 위안부에 대한 다른 목소리도 논란이 된다. 똑같은 목소리, 부담스럽지 않은 이야기 말고는 위험하다. '다른 목소리'가 들리지 않는 사회가 문제인 이유는 전체주의 차원의 이슈가 아니다. 이야기가 없는 사회에서는 돈과 건강만 중요하다. 돈과 건강을 극소수가 독점한 시대에 이 자원을 확보하지 못하는 이들은 살아남을 수 없다. 지금 인류에게 절실한 것은 그야말로 나눔이다. 돈과 건강 외에 언어, 보살핌, 존중의 가치가 중요한 자원으로 인식되고 평범한 이들이 이런 것들을 '보유해야' 한다.

부분적 관점의 시작

어떻게 살 것인가. 엣지(edge, 벼랑 끝)에서 말해야 한다. 말장난 같지만, 그러면 조금은 '엣지 있게' 들릴 것이다. 엣지는 말하는 장소, 글자 그대로 절박하게 확보한 부분적인 공간이다. 그곳엔 여러 사람이 설 수 없다. 벼랑 끝은 선택의 여지(餘地)가 많지 않기에 '가장 객관적인' 이야기를 하게 될 가능성이 많은 장소다. 독창성은 글의 가장 중요한 평가 기준이다. 독창성은 벼랑 끝이라는 맥락, 부분적 관점에서만 가능하다. 부분적 관점은 사회에서 통용되는 지배적인 객관성 개념에 나의 목소리를 보내고 조율하고 틈새를 내는, 공동체의 생존을 위한 중요한 실천이다. 지배 세력이 그들만의 가치를 말하고 나머지 사람들은 오히려 그것을 선망한다면? 동일시한다면? 나를 억압하는 이들을 내가 지지한다면? 당대의 한계 없는 발전주의가 그 위험한 스토리 중 하나다. 예전에는 역지사지가 어려운 일이었지만, 지금은 불가능에 가까운 일이 되었다. 내 몸에서 타인을 생각할 공간은 좁아져만 간다.

윤여정, 김고은 주연의 〈계춘할망〉(2016년)의 배경은 제주도다. 이 영화에는 "바당(바다)이 넓은가, 하늘이 넓은가" 대사가 세 번 나온다. 처음에 할머니는 어린 손주에게 말한다. "바당이 넓지. 오래 살다가 보면 그냥 저절로 알아지는 게 있어." 두 번째 대화에서 성장한 손녀와 할머니는 '현실'을 말한다. "하늘이 넓죠." "네가 다 큰 모양이다." 마지막 내용은 평생 해녀로 살아온 할머니에 대한 손녀의 사랑 고백이다. "바당에 하늘이 있어." "나한텐 할망이 바다야."

세 번째 대사는 〈계춘할망〉이라는 영화, 특정한 서사에서 두 사람 사이에서만 소통 가능한 이야기다. 그 상황에서만 이해되는 이야기, 이것이 맥락이고 '진정한' 객관성이다. 대화의 주체, 그들이 말하는 위치가 명확하기 때문에 다른 이야기로 대체 불가능하다. 이 이야기가 아니면 안 된다. 물론 우리는 하늘이 더 넓다는 사실을 안다. 바다가 지구 표면의 70퍼센트라지만 지구는 우주의 작은 행성에 불과하고, 대기권은 바다보다 넓다. 이 사실을 모르는 사람은 없다. 일상적으로 의식하고 살지도 않는다. 그러나 삶에서 바다가 전부인 이들이 있다. 나는 세 번째 대화가 보여주는 맥락성이 예술의 본질을 대변한다고 생각한다. 사실(facts)이 실재하지도 않지만, 어쨌든 영화는 사실 너머의 세계를 다룬다. 세 번째 대화는 몸으로 하늘과 바다와 교류하는 사람들만이 가질 수 있는 부분적 관점이다. 이 부분성은 보편성, 중립성, 객관성, 지구과학과 충돌하지 않고 관객에게 예술이 지닌 특권—감동—을 선사한다.

상대방의 주장을 반박할 때 오가는 흔한 대화, 이를테면 "그건 영화에서나 나오는 얘기" "넌 영화를 너무 많이 봐서 비현실적으로 된 거야" "소설 쓰고 있네" 같은 말은 틀렸다. 영화(재현)가 더 현실적일 뿐만 아니라 더 나아가 현실과 재현의 경계는 없다. 현실을 모두 볼 수 있는 사람은 없기 때문이다. 지식은 어디(인식자의 위치)에서 어디(현실의 일부)를 보는가에 관한 이야기이다. '진정한 객관성'은 우리가 말하고 있는 곳, 그 주소(address, '말하다'는 뜻도 있다)를 분명히 함으로써 확보된다. 현실 밖에서 말하는 사람은 없기 때문이다.

흥미롭게도 '객관성=자연과학'이라는 통념이 강한데, 사실 과학의 실험실이야말로 맥락(통제된 상황)을 가장 중시하는 현장이다. 변수가 생기면 여러 번 실험을 반복한다. 실험의 조건들을 동일한 환경에서 제어할 때, 그 실험은 과학성(객관성)을 획득했다고 말한다. 자연과학의 실험에서도 객관성은 이렇게 한정돼 있다. 그런데 매 순간 움직이는 인간의 삶과 현실은 어떻겠는가. 인과론을 무시할 수 없지만, 더 중요한 것은 원인과 결과가 한 가지가 아니라는 사실이다. 세상사에 원인은 무수하다.

말하는 사람의 위치가 없는 곳은 없다. 장소 없음은 곧 말의 의미 없음이다. 우리는 자기 위치를 말하지 않고 신이나 자연의 권위를 빌려서 말하는 방식에 익숙하다. 이런 말하기가 없다면 권력은 작동하지 않는다. 흔히 듣는 "국민이 원한다" "이것이 대의다" "주님이 말씀하셨다" "자연의 이치다" "과학적 사실" 따위는 실상 개인의 이해관계에 따른 의견일 뿐이다. 요즘은 "돈이 전부다" "유명해야 한다"라는 권위도 추가되었다. 자기 말에 특권을 부여하는 전형적인 말하기 방법이다.

이런 말하기 방식에 대한 저항이 예술이요, 사회 정의다. 탈식민주의, 생태주의, 페미니즘은 이러한 저항에서 탄생한 사상이다. 이 사유들은 말하는 사람(주체)과 규정되는 대상(텍스트, 영화……) 간의 관계에서, 주체의 일방성을 성찰하려는 노력에서 시작됐다는 공통점이 있다. 주체의 말이 상대화되고 부분화될 때 대상도 여러 모습으로 달리 보일 것이다. 이렇게 부분적 관점은 대상에 관한 이야기를 더 개방할 수 있고 더 다양하게 말할 수 있다. 물론 이건 상대주의가 아니다. 상대주의와 반대다. 상대주의는 인식자의 위치, 부분성에 관한 인식이 전혀 없다. 부분적 관점은 모두를 똑같이 '여럿 중의 하나'라고 보는 탈정치가 아니다. 자기 입장의 사회성과 정치학을 분명히 하면서, 인식하는 자기 자신에 대해 말하는 실천이다. 인식 대상에 대해 말하기 전에, 말하는 자신에 대한 사회적 신원(身元), 위치, 체현(embodiment)을 밝혀야 한다. 다시 강조하면, 본디 말하기, 글쓰기는 자기 자신에 대해 말하고 쓰는 것이다.

나를 써야 맥락을 획득한다

내가 간혹 받는 질문 중에 "선생님은 그걸 어떻게 아세요?" 혹은 "모르는 문제가 생길 때 어떻게 처리하십니까?"가 있다. 내가 어떻게 앎에 이르는지에 대한 질문인 듯하다. "저는 제가 무엇을 모르는지 모릅니다"라고 답한다. 거의 대부분의 사람들은 자신이 누구인지, 타인이 누구인지 알지 못한다. 이유는 수없이 많다. 나를 비롯해서 제때 일어나고 제때 잠드는 일조차 쉽지 않다. 알람 소리는 최대의 공포다. 이렇게 생계유지만으로도 벅찬 데다 수많은 상호 규정, 타인의 규정 속에서 산다. 나도 타인도 계속 이동한다. 희망 사항이나 욕망을 자신의 본모습으로 착각하는 치명적인 일만 없으면 다행이다. 인생에는 무엇을 모르는지 깨닫게 되는 과정이 있을 뿐이다.

내가 누군지 알아야 작품의 부분성을 알 수 있다. 이것이 개인의 고유한 세계, 독창성으로 이어지는 전제이다. '모른다'는 사실을 숨 쉬듯 아는 상태를 유지하는 긴장에서 글이 나온다. '나는 누구인가', 어느 위치에서 말하고 있는가를 일부러 숨기는 경우보다는 자기 관점에서 본다는 것이 무엇인지 모르는 경우가 더 많다. 부분적 관점의 의미를 우리는 배우지 못했다. 어떤 영화가 히트하면 아류작이 나오는 것이 대표적이다. 구체성, 스토리텔링, 몸에 닿는 감동은 어느 순간에만 성취될 뿐 어느 곳에서나 일어나지는 않는다. 맥락 안에서만 가능하다. 부분적 관점은 내 입장(젠더, 성별, 나이, 지역……)에서 기존의 보편성에 문제 제기하는 변혁적 관점이다. 독창적 사유와 글쓰기는 덤이다. 이 세상에 적응하면서 '착하고 그럭저럭한 아름다운(?) 글로 사랑받으려는' 삶(몸)에서 어떻게 독창성이 나오겠는가. 글은 사람의 결과다. 사람이 글을 쓰는 것이 아니다.

영화는 보는 이의 관점에 따라 현실보다 더 현실을 정확하고 넓게 드러낸다. 영화의 힘 때문이 아니라 우리가 현실을 알 수 없기 때문이다. 영화는 모르는 현실을 알 수 있는 강력한 매체 중의 하나다. 그래서 영화 감상이나 독서는 취미가 아니라 삶의 중요한 영역이요, 삶의 방도다(물론 영화나 소설 외에도 얼마든지 다른 재현물로 세계를 인식할 수 있다).

부분적 관점은 객관성이 없다는 의미가 아니다. 객관성은 존재한다. 그러나 그것은 정해진 것이 아니라 매 순간 구성된다. "보는 나는 누구인가"를 스스로 질문할 때, 타인과 대화 가능한 객관성이 확보된다. '합리적인 객관성'은 부분적 시각에서만 가능하고, 우리는 말하기와 글쓰기를 통해 그 부분성을 드러내야 한다.

나는 《혼자서 본 영화》(2018년)라는 책을 낸 적이 있는데, 어느 독자가 "영화 이야기인 줄 알고 샀는데, 읽다 보니 글쓰기에

관한 책이었어요"라고 말했다. 나는 칭찬으로 들었다. 영화 이
야기와 영화에 대한 글이 따로 있는가? 영화에 대해 쓰는 것은
영화를 다시 만드는 과정이다. 이 책에도 영화의 줄거리 분량은
별로 많지 않다. 작품이 궁금하면 직접 보면 된다. 독서는 필자
와 충돌하든 조우하든 잠시 공감하든, 다른 세계를 사는 타인
을 만나고 헤어지는 과정이다. 하지만 나는 그 순간이 행복하기
를 바라고 상대방도 그러하기를 바란다. 회자정리(會者定離), 원
수는 외나무다리에서 만난다(가장 중요한 사람은 불편한 순간에
반드시 만나게 되어 있다), '지금은 맞고 그때는 틀리다'. 세 가지
모두 맞는 말이다.

반복하면, 누구나 그렇겠지만 나는 특히 영화를 볼 때 특정
부분에 깊게 '꽂힌다'. 그리고 그 이유와 의미에 대해 생각한
다. 그 '꽂힌' 부분을 통해 나 자신을 알 수 있고, 그 부분에 나
의 세계관이 압축되어 있다고 믿는다. 그 '꽂힌' 부분에서 감독
이 말하고 싶은 바가 무엇일까도 생각하지만, 그걸 감독 자신
도 확신할 수 없다고 생각한다. 두어 시간짜리 영화에서 모든
것을 압축하는 어떤 장면 하나, 대사 한마디는 관객의 경험과
기억의 선택에서 나온다. 그래서 나는 '킬링 타임 영화'는 없다
고 생각한다. 선택부터가 일종의 입장이다. 어떤 영화도 다음과
같은 물음으로부터 자유로울 수 없다. 어떻게 볼 것인가? 어디
로부터 볼 것인가? 무엇이 나의 관찰력을 제한하는가? 무엇을

위해 볼 것인가? 누구와 함께 볼 것인가?(이 질문은 텍스트가 소구하는 그룹, 커뮤니티, 지향성을 의미한다) 누가 하나 이상의 다양한 관점을 갖게 되는가? 누가 특정한 안경을 끼고 있는가? 그는 그 사실을 알고 있는가? 누가 이 모든 장(場)을 해석하는가? 이 모든 물음은 보는 것만의 문제인가? (이 글에서 '본다'는 다른 감각을 포함한 모든 경험을 의미하지만) 시력 외에 다른 몸의 감각을 어떻게 향상시킬 것인가? 영화나 글쓰기의 핵심이 독창성이라면 위와 같은 질문은 필수적이다.

나를 쓰지 못할 때

어느 영화 소모임에서 〈타인의 삶(Das Leben der Anderen)〉(2006년)에 관해 토론한 적이 있는데, 나로서는 잊을 수 없는 주장을 한 독특한 참여자가 있었다. 영화의 주인공은 동독의 성실한 공산주의자로서 국가로부터 예술가 부부를 감시하라는 명령을 받지만 기존의 자기 인생과는 다른 경험을 함으로써 자신을 '희생'하고 예술가를 돕는다. 나는 이 영화에서 자기 개조를 위해 기득권을 모두 내려놓은 진정한 변혁가의 모습을 보았다. 세상에서 가장 어려운 혁명이 아닐까. 자신의 변화를 위해, 자기가 원하는 자기가 되기 위해 인간이 버릴 수 있는 최대치는 목숨이 아니라 '자기가 도달할 수 없는 다른 삶을 지지하는 것'

이다.

이 영화는 많은 이들에게 '내 인생의 영화'다. 그런데 앞서 말한 참여자는 나와 다른 참여자들의 이런 의견을 완강히 부인했다. 그의 의견으로는 단지 그 남자가 그 여자를 사랑했기 때문이라는 것이다. 그에게 이 영화는 아름다운 로맨스였다. "도청이라는 국가 폭력"에 관한 영화라는 (황당한) 기사를 본 적은 있지만, 나는 한 번도 그처럼 이성애적 감각으로 생각해보지는 않았다. 영화에서도 주인공은 말한다. "나는 당신의 관객입니다." 아니, 영화에서도 '관객'이라고 하는데, 왜 그 참여자는 그토록 남녀의 사랑이라고 주장했을까. 그의 해석이 틀렸다는 이야기가 아니다. 그의 그런 감상이 가능했던 이유와 사회성이 무엇인지 그에게 질문하면 된다. 우리는 서로 부분적인 연결 관계를 추구한다. 이러한 과정에서 발생하는 모든 일들이 이야기이다 (당대 우리가 경험하는 것을 함께 이야기할 수 없는 현실이 우리를 우울하게 할 뿐이다).

〈찬실이는 복도 많지〉(2019년)의 주인공 찬실은 감독이고 복이 많은 것만 빼면, 최근에 본 영화 중 내 모습과 가장 비슷한 캐릭터다. 누군가 조금만 친절해도 오해하고 감격하여 오버를 한다. 도시락을 싸 가지고 다니며 잘해준다. 그의 기질은 도시락 사연과 버스 안에서 우는 장면에 잘 나타나 있다. 그토록 취약한 그는 영화나 정치 이야기에서는 비타협적이고 무례하다.

누구하고도 싸울 기세다. 자기가 호감을 품고 있는 상대에게 이렇게 말하면 안 된다. "(흥분한 큰 목소리로) 크리스토퍼 놀런? (이해가 안 된다는 듯) 하, 그런 영화를 좋아하는구나……." 찬실은 상대가 오즈 야스지로의 영화가 지루하다고 하자 흥분하며 그의 영화가 얼마나 위대한지 조용한 술집에서 일장연설을 한다. 이 영화는 나를 위로한다. 취향과 입장은 강하고 자원은 없는 그는 바로 나였다.

베트남 전쟁 당시 한국인의 현지인 학살을 다룬 〈기억의 전쟁〉(2018년)에서 피해를 증언하는 베트남 여성은 '약간은 수치스럽고 뭔가 찝찝하고 머뭇거리고 불편한' 표정과 목소리로 이렇게 말한다. "(한국 단체들에서 증언의 대가로) 돈을 받은 적은 절대 없어……. 선물 정도 받을 뿐이지." 이 장면에 꽂힌 나는 한국의 군 위안부 운동에 대해 백 매짜리 원고를 썼다. 한 장면, 이것이 내가 영화를 보는 방식이다. 대개 부분적 진실이 '큰 이야기'를 배경에 두고 있다고 생각하지만 그렇지 않다. 내게 〈기억의 전쟁〉은 그 장면에서 '소임'을 다했다. 역사와 일상, 큰 이야기와 작은 이야기, 보편성과 특수성…… 이것들은 따로 있는 것이 아니다. 영화에 대해 이야기할 때 나의 경험, 위치, 동일시한 부분을 중심에 두고 이야기하면 영화보다 더한 나의 영화가 만들어질 것이다.

조지 클루니의 〈인 디 에어(Up in the Air)〉(2009년)에는 인간

관계에 대한 착각이 매우 슬프고 외로운 방식으로 나타나는 장면이 있다. 주인공은 안착을 거부하는 자신과 비슷한 연애관을 가진 줄 알았던 여성을 찾아갔는데, 그 여성은 '행복한 가정의 주부'였고 그는 도망치듯 떠난다. 이 장면도 영화를 요약한다. 하정우와 베라 파미가가 나오는 〈두 번째 사랑(Never Forever)〉(2006년)의 섹스 신에서 지하(하정우)는 상황에 몰두하지 못하고 이렇게 말한다. "아, 이 여자는 왜 이렇게 눈이 파란 거야?" 이 영화에 대해 '망명 3부작'의 김정 감독(김소영 영화평론가)은 미국 사회에서 동양 남성의 섹슈얼리티 재현 방식이라고 비평한 바 있다.

나는 초등학교 6학년 때부터 KBS 일요일 밤의 〈명화극장〉을 본 세대다. 내성적인 성격이지만, 마음에 맞는 친구들과 영화 이야기를 하기 시작하면 밤을 샌다. 그런 대화 중 내가 가장 많이 듣는 이야기가 있다. "넌 참 이상하게 영화를 본다." "어떻게 그런 영화—이를테면 프랑스 영화 〈마터스: 천국을 보는 눈(Martyrs)〉(2008년)—를 세 번이나 보냐. 피학증이야." 이 책은 이런 반응에 대한 나의 이야기이다. 예술가에겐 고달픈 이야기지만, 예술은 비평(독후감)이 없으면 '완성'되지 않는다. 피아노 독주회든 야구 경기든 영화든 평이 있어야 한다. 하루에도 몇 종씩 출간되는 책 중에 판매가 되기는커녕 독자에게 책의 존재

정보가 제공되지 않는 것들이 대부분이다. 이제 영화에 관한 책도 그런 상황이 되었다. 이전과 달리 영화가 대량으로 제작되면서 개봉되는 영화를 따라잡기가 불가능하게 되었다.

영화의 가시화(배급, 개봉, 관람, 평가……) 과정에는 행정적, 정치적, 경제적, 우연적 권력관계가 개입한다. 의미 있는 작품을 드러내거나 널리 알려진 작품에 다른 목소리를 내는 것은 몇 편의 영화를 더 생산하는 것만큼이나 중요하다. 특히 작은 영화, 큰 영화, 소품, 대작, 단편 독립영화, 스펙터클, 블록버스터 중에서 풍부한 이야기는 '작은 영화'인 경우에 더 많다. 중구난방(衆口難防)은 어감과는 달리 사람의 말을 막기가 어렵다는 뜻이다. 막기 어려울 정도로 여러 사람이 마구 떠든다, 바로 민주주의를 뜻한다. 사실 많은 이들이 '표현의 자유'를 외치지만 중요한 것은 자유의 문제가 아니라 말할 내용이 있고 없음이 아닐까. 그래서 나는 관습적인 '표현의 자유'와 약자의 해석이 들어간 중구난방이 반대말이라고 생각한다.

본디 자립의 반대는 의존이 아니라 독점이다. 나는 로컬이나 커뮤니티들이 무너지는 현상이 가장 두렵다. 인간이 지구를 파먹는—근본적으로 파괴하는—인류세 시대의 세계에서 새삼 구조와 개인의 관계를 생각하게 된다. 대개 '진보'가 주장하는 사회에 대한 구조적 인식(구조주의)과 '보수'의 논조인 개인의 노력으로 극복할 수 있다는 시각(자유주의 우파?)의 대립조차 사라졌다. 이제 자본주의는 앞뒤도 내외도 없이 완전히 지구를 장악했다. 분리수거로도, 일회용 컵 안 쓰기로도 해결하지 못한다. 자본의 질주는 어차피 중단이 없다. 지속가능한 발전은 애초부터 자본주의와 양립할 수 없었다. 국가는 복지와 고용에 관심이 없다.

사회는 어떻게 돌아가는가. 사람들은 어떻게 살고 있지? 출구 없는 시대다. 이 글을 쓸 즈음 2022년 새 정권이 들어섰다. 나보다 더 내 인생을 걱정해주는 이들이 많아졌다. "쉽고 짧은 글이 대세인데 너는 어떻게 사니?" 나는 답한다. "내 글도 쉽고 짧아."

나는 〈나라야마 부시코(楢山節考)〉(1983년)처럼 진화생물학의 원리대로 살 것이다. 나 같은 '대세의 낙오자, 저항자, 불편하게 사는 자'끼리 모여 우리끼리 잘 살면 된다. 이것이 내가 생각하는 대안이다. 물론 나부터 건강해야 할 것이다. 요즘은 건강이 관계의 척도가 되었다. 1930년생인 클린트 이스트우드의 몸에 대해 생각해본다. 이미 몇 해 전부터 내 몸은 무너져 가고 있지만 요즘은 누군가에게 의탁하지 않으면 안 될 정도이다. 비유적으로도 실제적으로도 그렇다.

나는 이스트우드의 1971년 감독 데뷔작이자 주연을 맡은 영화 〈어둠속에 벨이 울릴 때(Play Misty for Me)〉의 그 여성이었다.

글쓰기의 불안과 외로움을 견디지 못해서 심야에 건 전화를 받아준 지인들에게 감사와 미안한 마음을 전한다.

부분적이지만 각자 독창적이며 그래서 누구도 배제되지 않는 온전히 하나(holism)인 대화의 공동체가 많아지기를 바란다. 이 책은 자기 삶이 체현된 몸으로 영화를 보고 쓰기를 이야기한다. 그러나 그렇다고 해서 언제나 '다름'이 당연한 것은 아니다. 오래전, 서울국제여성영화제가 서울 동숭동에서 개최되던 시절이 있었다. 당시 마지막 영화가 끝난 날, 동숭동과 내 집은 서울의 극과 극이었지만 택시를 탈 각오를 하고 나는 '어른'들 모임의 말석에 끼었다. 그들의 이야기를 듣고 배우고 싶었다. 여성영화제를 조직하고 영화제에 헌신한 이들이었고 내가 선망하던 '최고의' 영화 관련 여성주의자들이었다. 누군가 이렇게 말했다. "다들 각자 인생에서 본 영화 중 가장 좋았던 영화가 뭔지 말해볼래요? 내 인생의 영화 그런 거 있잖아요?" 나를 포함해 다섯 명 정도가 모인 걸로 기억하는데, 이구동성으로 말했다. "망종!" 모두가 디아스포라 남성 감독인 장률의 〈망종(芒種)〉(2005년)을 외쳤다. 물론 나도 동의한다. 우리는 이렇게 일치할 때도 있고, 또 다를 때도 있다. 이 책이 그런 논란의 자리에 있기를 희망한다.

영화는 현실이지만, 나는 현실을 살아갈 사회성, 생존력이 현저히 부족한 사람이라 현실을 잊으려고 영화를 본다. 그리고 또 다시 현실에 대해 생각한다. 얼마 전 나는 20여 년간 영화 이야기를 나누고 배웠던 이들과 말을 섞지 못하게 되었다. 영원히 헤어졌다. 온몸이 흔들리도록 아팠다. 내 인생 최대의 쾌락과 의미의 공동체를 잃었다. 하지만 마음 한구석에서는 오래가지 못할 관계임을 모르지 않았다. 그 시간에 감사할 뿐이다. 이후 인생 전체가 사라졌다고 느꼈지만, 그래도 매일 혼자서 썼다.

글쓰기 열풍의 시대지만 쓴 글이 출간되는 것은 별개의 문제다. 내 글 역시 마찬가지다. 책으로 나올 필요도 의사도 없더라도 매일매일 쓰는 것이 중요하다. 모든 언어는 현실보다 늦게 당도한다. 영원히 도착하지 않는 경우가 훨씬 많다. 그 시간차를 메우려는 예언자는 사기꾼이다.

현실을 드러내는 재현의 언어는 글쓴이의 노동으로서만 가능하다. 나는 그렇게 믿는다. 나는 내가 나를 알지 못할까 봐 두렵고, 나를 몰라서 실패를 반복해 왔다. 앞으로도 쉽게 나아지지는 않겠지만 내가 쓴 글이 나를 만드는 과정을 넘어 내가 내 글로 재귀(再歸)함으로써 새로운 내가 탄생하기를 희망한다.

언제나 내 몸 전부를 바치는 글을 쓰고 싶지만 최선을 다하지 못해 찝찝함과 죄책감이 든다. 이 책도 그런 책이다. 진부한 말인지만, 진심으로 나는 내 글이 부끄럽다. 늘 그렇듯 출판사의 도움이 절대적이었다.

마지막으로 정성일 평론가의 말을 인용하고 싶다. 그는 정은임 아나운서가 고인이 된 후, "당신 없이 누구랑 영화 이야길 하지?"라고 썼다. '당신'이 없을 때 이 책이 '당신'이기를 바란다. 큰 욕심이라 부끄럽지만, 감출 수 없다.

인류세를 영화로 건너며
슬픔의 힘을 믿으며
2022년 한여름
정희진

1장

갈증의 언어

공부는 생존이다

우리는 매일매일

"어디서든 가르쳐야 한다고 생각합니다"

〈우리는 매일매일〉(2019년). 이 다큐멘터리의 제목은 흥미롭다. 마치 글쓰기 대회의 시제(試題) 같다. 우리는 매일매일 무엇을 하는가? 무엇을 할 것인가? 어떻게 사는가? 나는 무엇을 하는가. 나는 매일매일 글을 쓴다, 약을 먹는다, 우엉차를 마신다, 영화를 본다, 물건을 찾는다, 잔다……. 써놓고 보니, 나는 상당히 단순하게 사는 사람인데도 매일매일 하는 일이 제법 많다.

이 작품은 1990년대 말 IMF 사태 직후 '영 페미니스트'라고 불린 여성들의 현재 삶을 추적한다. 감독 자신의 이야기이고, 본인도 출연한다. 그때 '영 페미니스트'의 활동은 여성운동 차원 이전에, 새로운 문화 현상이라고 불릴 정도로 많은 이들에게

신선한 충격을 주었다. 그들은 사회운동의 일부로 간주되던 이전 시대 여성운동의 위상을 질문했고, 단체 중심 활동에서 벗어나 자신이 겪은 차별과 폭력 경험으로부터 정치적 자각을 시작한 최초의 '자생적, 자율적 페미니스트'였다. 운동 방식과 영역도 온라인에서부터 창업, 문화운동까지 다양했다.

20년이 지났다. 이제는 40대가 되어 각자의 자리에서 여성주의적 일상을 살고 있다. 이들이 당시 40대 여성주의자들에게 했던 문제 제기를, 이제는 40대 여성의 입장에서 지금 20대 여성들에게 들으며 그들과 '세대 차이'를 겪는 장면은 많은 것을 생각하게 한다. 남성에 비해 여성에게는 나이(와 외모)가 인생의 큰 변수(지위)를 차지하고, 이는 성역할과 연결되어 있다. 남녀에게 나이는 전혀 다른 의미를 지니지만 제대로 분석되지 않는다. 더구나 지금 한국 사회에서 세대(나이)는 계급 문제를 은폐하기도 하고, 기후 변화와 고용/저출생/고령화 등 인간의 생물학적 조건을 근본적으로 사유하게 하는 복잡한 이슈여서 나는 '이론적으로' 긴장한 상태로 이 영화를 여러 번 보았다.

지금 20대 여성들에게 페미니즘이 '기본값'이라면, 당시 그들에게는 페미니스트가 '되어 가는' 투쟁과 자기 성장의 과정이 있었다. 그들은 지금 나처럼 매일매일 자신을 설명해야 한다. 이 작품의 의미는 일단, 여성의 삶과 역사에 대한 기록 그 자체에 있다. 강유가람 감독은 〈이태원〉, 〈시국페미〉 등으로 호평받았다. 전도유망하고 앞으로도 할 일이 많은, 페미니스트 정체성이 분명한 드문 감독 중 한 사람이다. 나는 책이나 영화에 대한 비평문이나 추천사를 쓸 때 가능하면 최선을 다해 감독과 필자와 접촉을 시도한다. 내 글을 보내고 그들의 의견을 묻는다. 나도 글을 쓰는 입장이기 때문에 생긴 글쓰기 원칙 중 하나다. 내 글이 호오나 '수준'을 떠나 심하게 오독되는 상황은 피하고 싶어서다. 그래서 글이든 영화든 타인의 작품에 대한 평가도 조심스럽다. 게다가 많은 이들의 공동 노동인 영화에 대한 감독의 소회는 더욱 특별할 것이다. 이 과정은 글쓰기의 즐거움이기도 하다. 내가 창작자와 직접 대화를 시도함으로써, 그들 작품의 요지를 잘 파악하고 해석의 타당성에 관한 의견을 구함으로써 내 글도 나아지고, 말할 것도 없이 내게 큰 공부가 된다.

이번에도 강유가람 감독에게 내 글을 보내고 〈우리는 매일매일〉을 만들게 된 계기와 '비하인드 스토리' 등을 묻고 답하는 메일이 오갔다. 모든 내용이 좋았지만, 내가 생각지 못한 이야기가 있었다. 감독은 말한다. "요즘 페미니스트가 공부를 안 한다는 말은 1020세대뿐만 아니라, 저에게도(감독) 해당되는 말인 거 같습니다. 저도 공부가 필요한데 누구에게 물어봐야 할지를 모르겠습니다. 다만, 지금 세대가 공부를 안 한다기보다는 여성은 여성의 역사를 배울 기회가 없기 때문에, 제도권 교육이든 어디서든 가르쳐야 한다고 생각합니다."

감독은 본인 자신부터 공부에 대한 필요성, 갈증을 이야기했다. 내가 아는 한 강유가람 감독은 한국 감독들 중에서 여성주의와 관련해 '가방끈이 가장 긴' 사람이다. 주변에 여성학을 가르치고 공부하는 친구들도 많다. 그런 그가 공부가 부족하다며 "어디서든 가르쳐야 한다"는 답답함을 호소해서 다소 놀랐다.

약자가 약자인 이유

세대에 따른 경험은 불가역적이라, 40대는 20대를 이해하지만 그 역은 그렇지 않다. 그래서 어느 시대나 나이 든 이들이 먼저 젊은이들과 소통을 원하고 관심이 많을 수밖에 없다. 사회적 약자가 약자인 이유 중 하나는, 먼저 경험한 선대의 역사와 맥락을 모르고 오류를 반복한다는 것이다. 여성주의자도 예외는 아니어서 늘 '내가 처음'이라고 착각하는 이들이 많다. 심지어 원조 경쟁을 하기도 한다. 공부를 안 하기 때문이다. 이를테면 지금 50대인 나도 젊었을 때는 나혜석에 관심이 별로 없었고 서구 페미니즘 이론에 몰두했다. 비슷한 경우인지 모르겠지만, 당대 여성들은 '영 페미니스트'를 모른다. 다큐 속의 한 페미니스트는 이렇게 말한다. "(요즘 친구들은) 한국에 페미니즘이 2010년에 들어왔대. …… 페미니즘에 대해서 어떤 식으로 권리라는 게 만들어져 왔고 지금 우리가 발 딛고 있는 이 상황들이 어떻게 만들어졌는지에 대해서 맥락화하고 역사화할 수 있는 그게 되게 없어요. 왜냐하면 그걸 배우지 않기 때문에."

그런데 문제는 이런 대화가 반복된다는 점이다. 1990년대 말, 나도 그들에게 비슷한 말을 하곤 했다. "조직 내 성폭력 자치 규약? 그거 성폭력 특별법 제정 운동을 할 때 다 사례가 있어요. 왜 이슈가 반복되는 건지……. 제가 《한국여성인권운동사》(1999년)라는 책도 만든 걸요!"

남자들의 지식은 전수되는데, 왜 여성은 처음부터 똑같은 질문을 반복할까. 나를 비롯해 여성도, 여성주의자도 젠더에 대해 알기 어렵다. 여성주의는 과정의 사유다. 왜냐하면 여성주의는 그 자체로 모순인 사유이기 때문에 매 순간 공부하지 않으면 안 된다. 도대체 누가 여성이며, 그것은 누가 정하는가. 현실이 계급 문제로만 이루어져 있지 않듯, 젠더만으로는 설명할 수 없다. "여성은 구조적 피해자"는 상식이지 논쟁거리(?)가 아니다. 젠더는 사회를 구성하는 중요한 요소다. 남녀 간 권력관계로 '보이는' 젠더는, 여성들 간의 차이와 남성들 간의 차이를 매개로 하여 작동한다.

이러한 여성주의의 모순과 복잡함은 사상의 한계가 아니라 자원이다. 그렇기 때문에 여성주의적 사고방식은 가성비가 높은 공부이며 빼어난 인식론일 수밖에 없다. 여성주의는 다른 사유처럼 공부해야만 획득할 수 있는 어려운 인식이다. '여성

(female)'이 '여성(women)'이 되는 과정 그리고 '우먼'이 '페미니스트'가 되는 과정 모두 엄청난 정치적 노정(路程)이다. 그 길에서 우리는 세상의 모든 현실과 지식을 만나게 된다. 문제는 사상과 현실의 거리가 너무 멀고 동시에 너무 가까운 듯 보여서, 누구도 이정표를 제시할 수 없다는 점이다.

나는 한국의 현실 정치에서 젠더에 관심 있는 사람도, 젠더가 무엇인지 아는 이들도 없다고 본다. 여성운동 단체 출신 의원도 마찬가지다. 표 싸움일 뿐이다. 2022년 윤석열 정권이 무슨 심각한 가치관이 있어서 '여성가족부 폐지'를 주장한 것이 아니다(당선 후 여가부 장관을 비롯해 몇몇 여성 장관을 임명했다). '여성계'를 포함해 한국 사회는 정치권, 시민 사회, 학계 등 모든 분야에서 인식론으로서 젠더의 지위가 매우 낮다. 젠더가 문제가 될 때는 정치인의 성범죄로 상대방을 공격할 명분이 생겼을 때뿐이다. 그들은 성차별주의자가 아니다. 무엇이 성차별인지 '여성 우대'인지 분별력이 없다. 그냥 젠더에 무지해도 되는 권력을 가졌을 뿐이다.

나는 이에 일희일비할 필요가 없다고 생각한다. 소통 불능 상황에 개입하는 행위는 진 빠지는 일이다. '백래시'라는 분석도 과분하다. 지금 한국 남성 문화는 극소수 여성 인구가 과잉 재현된 '서울 강남에 사는 고학력 전문직 중산층 이성애자 금수저 여성'을 조선 시대 여성과 비교하며 분노하고 있다. 한국 남성은 백래시의 주체가 아니다. 좋게 말해 문화 지체 현상이고, 예전처럼 '기 살려주기'를 해 달라고 보채는 현상이다.

희망보다 공부를

나는 당대 여성주의의 곤란은 "구조적 성차별은 없다"는 말을 공식적으로 할 수 있는 집단의 등장 때문이 '아니라'—지적인 측면에서 독특한 재앙이긴 하다—여성주의 대중화에 대한 여성주의적 해석이 빈곤한 데 있다고 본다. "사회적 모순으로서 성차별은 없다"는 인식은 진보 진영이라고 해서 다르지 않다. 한국 사회 특유의 발전주의 때문이다. 발전주의 세계관에서는 그 어떤 사회적 약자도, 사회 정의도 "나중에"다.

언어는 언제나 현실보다 늦게 당도한다. 언어는 현실을 가시화하지 못한다. 우리의 현재가 바로 인식된다면, 이미 가부장제 사회가 아니다. 역사상 그 어느 사회에서도 지배적 언어(인식)는 단 한 번도 약자의 편이었던 적이 없다. 가부장제는 인류 문명의 기반이었지만, 현대 페미니즘은 1949년에 출간된 보부아르의 《제2의 성》을 기준으로 해서 백 년이 안 되었고 한국 사회에서는 30~40여 년 되었다. 그 시간도 법 제정과 젠더 주류화라는 공적 영역을 지배하고 있는 '남성의 철학' 자유주의의 자장 안에서였다.

최근 나는 어느 여성운동 단체로부터 원고 청탁을 받았는데, 이렇게 쓰여 있었다. "부정적인 상황 자체에 그치기보다는 멀리 보이는 낙관과 희망, 연대를 기대하는 이야기들을 모아보려고 합니다." 나는 동의하지 않는다. 정확히 무슨 뜻인지도 파악하지 못했다. 낙관과 연대는 희망 사항, 당위일 뿐이고 그런 언어는 우리를 진전시키지 못한다.

"부정적인 상황?" 부정적 상황이 지금의 현실이라고 치자. 현실과 현실을 설명하는 글(재현) 사이에는 시간 차가 크다. 우리가 경험한 현실이 지식이 되기까지는 영겁의 시간이 필요할지도 모른다.

그래서 언제나 역사에는 그 시간을 메우겠다며 나서는 '예언자/선동가/간증인'이 있다. 여성학자, 여성운동가, 진보 진영 인사 중에서 이런 이들이 얼마나 많은가. 사회운동이 종교화되거나 비현실적이고 구체적이지 못하다는 이야기를 듣는 이유 중 하나다. 특히 여성들은 여성주의 커뮤니티(여성 단체)에 대한 기대가 높다. 그러나 여성운동 단체는 해방 클럽도, 교회도, 쉼터도, 힐링 센터도 아니다. 상근자들도 봉사자나 성인(聖人)이 아니다. 여성주의자를 훈련시키는 제도가 극도로 빈약한 한국 사회에서 여성 단체는 일종의 베이스캠프다. 여성 단체 상근자들은 이틀 일하고, 이틀 공부하고, 이틀 쉬어야 한다. 여성운동 단체의 존재 이유는 여성 해방이 아니라 오로지 상근자들 자신의 성장과 전문성 획득에 있어야 한다. '우리는 그들을' 전문가로 만들 책임이 있다. 공부를 하지 않으면 보수적, 방어적이 되고 역사를 후퇴시킨다. 군 위안부 운동이 대표적인 사례다. 피해 당사자가 30년 운동의 '(내부) 진실'을 말했는데도 한국 사회는 이용수 님의 말을 편의대로 전유했다.

공부가 부족하니 매일 발생하는 현안에 대처하지 못한다. '이준석' 같은 이들과 '덤 앤 더머' 경쟁(?)으로 소진하기에는 여성의 삶은 소중하다. 게다가 한국 사회는 이미 오래전 공부를 적대시하고 스펙이 공부를 대신하는 사회가 되었다. 취업으로 연결되지 않는 공교육 붕괴, '부모 찬스', 문해력 부재, 온라인 글쓰기, 상업화된 출판 시장, 온라인 서점이라는 폐가식 도서관…… 여성주의자가 아니라도 공부를 안 해도 '되는' 이유는 너무 많다.

비극적이게도 이러한 상황이 여성주의와 결합했다. 여성주의 관련 책은 전체 출판 시장의 0.00001퍼센트? 가늠하지 못할 만큼 작다. 일단 인문 사회 과학 분야 자체가 취약하다. 이러한 상황에서 여성주의 책을 구입하는 이들은 40~50대 여성들이 주를 이룬다. 온라인 서점에서는 도서별로 구입자의 남녀노소 분포도가 나오는데, 20대 남녀는 모두 여성학 책을 읽지 않는다.

약자(여성)로 태어난 것 자체로 약자의 언어를 획득했다고 생각하는 이들이 많아졌다. 이것이야말로 최고의 미소지니(여성 혐오)다. 가부장제 사회, 한국 사회는 여전히 여성의 언어를 부정하고 편협하다, 특수하다, 자의적이다 운운한다. 여성주의를 체계적으로 가르치기는커녕, 지자체에서 운영하는 공공 도서관에서 여성학 책을 구입하는 사서를 고발한 남자 고등학생도 있다. 세금 낭비에다 남성학 책이 없으므로 남녀평등에 어긋난다는 이유였다. 나는 대학에서 융합 글쓰기를 강의한 적이 있는데, 여성(학자)이라는 이유로 이렇게 말한 학생이 있었다. "선생님이 글쓰기를 가르치는 것은 괜찮지만, 여성주의를 강요하지는 마세요." 나는 차분하게 말했다. "글쓰기는 어느 사상과도 대립하지 않으며, 제 강의가 어떤 내용이든 수업 시간에 중요한 내용을 강조할 수는 있어도 강요는 있을 수 없습니다."

가부장제 사회가 가장 두려워하는 것은 여성이 언어를 갖는 것이다. 여성이 자신의 위치에서 말하는 것을 '질색한다'. 여성의 언어가 남성의 기득권을 빼앗고 그들의 특권을 위협한다고 생각하는 경우도 있지만, 내 경험으로는 대개 못 알아듣는 경우다. 마치 미국인이 한국어를 못 알아듣는 것처럼. 그러니 혐오 발화나 횡설수설밖에는 할 말이 없고, 젠더를 주제로 한 논의는 거의 불가능하다.

여성의 언어는 기존의 가부장제 언어와 대립하는 것이 아니라 넘어서는(beyond, overview) 것이기 때문에 '이길 수밖에 없다'. 한국인과 미국인의 관계처럼 남성은 남성의 언어만 알지만, 여성은 남성 사회에서 생존하기 위해 남성의 언어와 여성 입장에서의 언어를 모두 구사해야 한다. 여성들이 이길 수밖에 없다. 그래서 대개의 영화들은 여성에게서 언어를 뺏거나, 말하는 여성을 죽이거나, 남성의 언어를 대신 말하게 한다.

이정향 감독의 〈집으로…〉(2002년)를 누가 '나쁜 영화'라고 하겠는가. 그런데 그 영화의 주인공 '할머니'는 이름도, 말도 없다. 그냥 성역할로서 할머니다. 여성의 말은 남성 사회를 위한 말하기(예를 들어 군 위안부 피해자의 '한국 사회를 위한' 증언) 외에는 금기된다. 가부장제 사회는 '젊고 예쁜 페미니스트'는 싫어하지 않는다. 그러나 언어를 가지려고 노력하는 여성, 남성이 규정할 수 없는 여성, 스스로 자신을 정의하는 여성은 다른 여성과 분리한다. 나는 지배 세력의 이러한 방어를 '이해한다'. 그러나 최소한 학계나 출판계에서는 이런 일이 일어나서는 안 되며 다른 목소리를 막는 것은 궁극적으로 공동체의 몰락을 가져온다는 점을 주장하고 싶다.

여성에게 유일한 무기는 언어밖에 없다. 우리가 총칼로 싸우겠는가. '미러링'이라는 이름의 욕설로 싸우겠는가. 우리는 공부해야 한다. 공부하지 않는 한 해방은 없다. 여기서 공부의 첫 단계는 이론을 적용하지 말고 '지금 여기 자신'의 위치에서 현실을 있는 그대로 보는 훈련이다. 나는 최근 한국의 여성주의를 설명하는 '페미니즘 리부트'(부트된 적이 없다), '백래시'(그냥 젠더 무지다), '교차성'(교직성, 횡단의 정치, 융합이 더 적절하다)이 적절한 용어가 아니라고 생각한다.

이 표현들로 지난 제20대 대선의 핵심 사안을 분석할 수 있는가. 나는 선거 기간 내내 몹시 괴로웠다. 가부장제가 부추기는 여성의 자원(몸, 외모)이 결과를 좌우한 선거였기 때문이다. 검찰에 대한 문민 통제, 개혁 이슈가 젠더로 은폐되었다. 김건희 씨의 섹슈얼리티는 성 산업과 무관하다. 소송 때마다 검사와 유착해 자신을 자원으로 이용한 경우인데, 나는 이와 관련한 글을 썼다가 여성주의자들에게 "왜 김건희 씨를 비판하냐, 여성 혐오다!"라는 (분노에 찬) 지적을 받고 절망했다. 지금 한국 사회의 '혐오' 단어는 자신의 상황을 설명할 수 없는 절망한 이들이 선택한, 간단한 존재 증명이다.

우리는 매일매일 공부해야 한다

나는 모든 이들이 페미니스트가 되는 것은 불가능한 일이라고 생각한다. 그럴 필요도 없다. 페미니즘이든 마르크스주의든 모두 부분적 세계관이다. 개인이 단 하나의 가치관을 갖는 것이 바람직한가? 페미니즘은 남녀 모두에게 부분적으로 필요한 중요한 공부일 뿐이다. 페미니즘 공부는 다른 분야보다 '학력'이나 나이보다 의식이나 정의감이 더 중요하게 작동한다. 나는 모든 인생 공부, 갖가지 분과 학문 공부에 페미니즘보다 더 좋은 도구가 없다고 생각한다.

앞서 말했듯이 젠더는 다른 사회적 모순(계급, 나이, 지역, 종교, 인종……) 상황에 따라 다르게 작동하기 때문에 그때그때마다 필요한 사유가 다르다. 본디 원칙이 없는 사람이 원칙적인 법이다. 후자의 '원칙'은 아무 쓸모가 없다. 맥락적 판단을 연습하다 보면 똑똑한 사람이 되지 않을 수 없다.

자존심은 강하지만 자존감은 약하고 자신을 세계의 중심으로 생각하는 새로운 인류가 등장했다. 지금은 남녀 불문하고 온라인 자본주의—다매체 시대—가 무지와 소통 불능을 조직하는 새로운 중세다. 학교와 군대가 취업으로 연결되던 시대는 지났다.

우리는 매일매일 온라인에서 시간을 보낸다. 진부한 이야기지만 가장 제대로 인식되지 못하는 명언, 미디어는 메시지를 전달하는 역할을 하지 않는다. 미디어 자체가 메시지다. 그래서 미디어가 발달할수록, 다양할수록 소통은 더욱 어려워진다. 최소한의 합의도 힘들고 중간 지대는 사라지고 삶의 전반이 양극화된다. 계급의 양극화는 물론이고 건강, 문화, 앎, 만들어진 외모까지 양극단화된다. 지금의 플랫폼 자본주의처럼 완벽하게 승리한 지배 체제는 없다는 절망적 생각이 든다. 이제 교육은 완전히 계급 문제가 되었다. 강남 우파와 강남 좌파는 자식 교육으로 연대하면서, 엉뚱한 서민들을 진영 논리에 동원한다.

어느 분야나 자기 언어를 갖기 위해서는 최소 10년 정도의 '엉덩이 훈련'이 필요하고, 사회는 이들의 노력을 인정해 왔다. 그러나 지금 그런 이들은 드물다. 이런 상황에서 돈이 되지 않는(?) 여성주의 공부를 선택하는 이들은 많지 않다. 모두가 페미니스트가 될 필요는 없지만 최소한 타인을 설득해야 하는 상황, 자기방어를 위해서 생존을 위해서 여성들에게 여성주의 공부는 필수적이다.

그래서 나는 최근 일부(?) 페미니스트들의 '공부 무용론' 선동에 큰 좌절감을 느낀다. 여성끼리 작은 공부 모임을 만들어 공부'만' 해도 지구의 반을 구할 수 있다. 지역 도서관에 여성주의 책을 희망 도서로 신청하고, 온라인에 성의 있는 댓글을 달자. 잔물결이면 충분하다.

〈우리는 매일매일〉에서 당시 영 페미니스트였던 인물 중 두 명은 서울에서 멀리 떨어진 지역 사회의 성원으로서 열심히 살고 있다. 영화를 보면 알겠지만 감독의 인물 선정과 배치가 돋보인다. 그래서 덧붙인다. 이제는 말해야 하지 않을까. 여성주의의 지역 모순. 이 작품에 등장하는 인물은 당시 거의 '서울 서부 지역 대학의 여성'이다. 이들이 페미니스트로 대표 재현되는 현실은 제작진의 잘못이 아니다. 한국 사회 모든 인프라의 이 지독한 서울 중심성의 여성주의적 대안은 무엇일까. 우리는 질문해야 한다.

최근 작고한 철학자 장춘익은 그의 학생들에게 이렇게 말했다. 자주 인용하게 된다. "오래가는 항의는 아무튼 짜증나는 거야. 내가 잘 돌보고 싶은 아이도 자꾸 울면 짜증나는데, 별로 동의해주고 싶지 않은 이야기를 자꾸 하면 정말 짜증이 안 나겠어? …… 항의는 내가, 우리가, 갖지 못한 것을 이야기하는 것이고, 같은 항의가 오래 반복된다는 것은 그렇게 오랫동안 결핍의 상태에 있다는 것이니까. 그러니까 항의 기간이 길어지면 저쪽은 짜증나고 이쪽은 초라하고 비참한 거야. …… 네가 세상에서 이미 알고 있는 것을 확인하는 것보다 새로운 것을 흡수하는 것이 더 많아야 한다는 것이야. …… 페미니즘(다른 입장도 마찬가지다-필자)이 네 주장의 설득력을 보증해주는 것이 아니라, 너의 지식이 너의 페미니즘에 설득력을 가져다주는 것이야. 페미니즘 아닌 다른 영역에서도 지적으로 신뢰받을 수 있어야 사람들이 네 페미니즘도 신뢰한다."*

---

* 《삶을 바꾼 페미니즘 강의실—장춘익 교수의 여성주의 교육실천 20년을 만나다》, 탁선미·조한진희 외 9명 지음, 장춘익교육실천연구회 엮음, 곰출판, 2022.

젠더와 '제 정신'

비밀은 없다

수 세기 동안 여성은 남성 사회가 켠 가스등 때문에 자신의 경험과 직관을 부정당해 왔다. '미친 여자'는 오로지 남성의 경험에 의해 판정되었다. 우리의 몸과 마음이 바로 우리 자신에게 미스터리였다니! 이제 우리는 스스로를 보살필 의무가 있다. 여성의 인식과 자신감을 믿자, 서로에게 가스등을 켜지 말자. – 에이드리언 리치

"생각을 해야 한다"

어느 맞벌이 부부의 이야기다. 대개 그렇듯 아내'만' 바쁘다. 아침 일찍 일어나 식사 준비 중이다. 기지개를 켜며 남편이 다가와 묻는다. "내 여권 못 봤어? 12시 비행긴데, 큰일이네."

이 경우 아내의 '바람직한' 반응은 무엇일까. "(쿨하게) 그걸

왜 나한테 물어?"여야 하지만, 현실은 그렇지 못했다. "(격하게) 아니, 그걸 지금 말하면 어떡해? 어젯밤에 말했어야지! (그랬으면 내가 찾아놨지!)" 그러자 남편은 화를 냈다. "너는 찾아주지도 않을 거면서, 왜 소리부터 지르냐. 맨날 이런 식이라니까." 억울한 아내는 더 크게 소리를 질렀다.

남녀 불문하고 자기 물건은 자기가 간수해야 하고 더구나 시간을 다투는 일이라면 더욱 그렇다. 그런데 남자는 자기 여권 찾는 일이 아내의 몫이라고 생각한다. 아내 역시 남성의 시선에서 자유롭지 못하기 때문에, "그걸 왜 나한테?"가 아니라 "왜 이제야!"라고 안타까워한다. 결국 모든 잘못—여권 안 챙김과 그걸 아내에게 물음—은 남편이 했는데도, 아내는 '소리부터 지르는' 부부 갈등의 원인 제공자가 되었다.

명절을 앞두고 친구가 계속 문자를 보내왔다. 다급하고 불안한 말투에다 자기 분열적인 내용이었다. 친구는 이른바 전문직에 종사한다. 이번 연휴에 진급과 관련한 논문을 써야 하는데, 시댁에 가야 한다는 강박에 시달린다. 결국 시댁에 안 가는 대신 백만 원을 보냈단다. 시집에서는 별말이 없다. 남편의 직업은 사회운동가인데 수입은 없다. 친구가 생계를 책임지고 있는데도, 자기 본업에 집중하지 못한다. 집중하지 못하는 상황에 분노가 치미니까 시집과 남편을 욕하다가, 사회를 비난하다가, 자책하다가 결국은 매번 "내가 정신을 차려야지"로 문자를 마친다. 남성 생계 부양자라면 명절에 '처갓집' 방문으로 이토록 스트레스를 받을까?

앞의 사례들은 성역할 규범(norm)이 어떻게 가해자와 피해자를 바꾸는지 잘 보여준다. (결혼한) 여성으로 산다는 것은 이렇게 복잡하다. 언제나 정신을 차리고 생각을 해야 한다. 생각이 없어서가 아니라, 생각을 너무 많이 해야 하기 때문에 '생각을 해야 한다'. 여성을 위한 언어가 없는 세상에서는 '바로 그 자리'에서 언어를 만들어야 하기 때문이다.

나 역시 마찬가지다. 세상에 잘 적응하지 못한다. 내가 경험한 것과 옳다고 생각하는 것이 사회와 주변 사람들과 충돌하는 일이 잦다. 평소 나 자신에게 가장 자주 하는 말은 "정신 차리자." "정신 줄을 놓으면 안 돼." "가만, 생각을 하자." 나는 거의 매일, 이렇게 중얼거리고 다짐을 거듭한다. 객관적으로 그럴 만한 상황인가, 아니면 내가 예민한 건가? 그러나 중요한 건 그게 아니다. 어떤 경우든 이런 말이 '저절로' 나온다는 사실이다.

나는 사회가 틀렸다고 생각한다. 부정의하다고 생각한다. 약자에게 가혹하다고 생각한다. 당하지 않고 살려면, 혹은 당한 이유라도 알려면 '정신을 차려야' 한다.

〈비밀은 없다〉와 〈미쓰 홍당무〉

이경미 감독의 〈비밀은 없다〉(2015년)에서 국회의원 선거에 나선 엘리트 정치인 김종찬(김주혁)의 아내로 나오는 김연홍(손예진)은 선거 운동 와중에 딸이 실종되는 사건을 겪는다. 혼자서는 감당할 수 없는 상황. 혼란과 분노 속에서 사건의 실체에 다가갈수록 믿을 수 없는 진실이 드러난다. 연홍은 운전대를 잡고 "생각하자" "정신 똑바로 차리자"를 반복한다. 정신을 차리고(?) 다시 생각한다. 그 장면을 보면서 나는 운다. 이 영화, 어떻게 사랑하지 않을 수 있겠는가. 감독의 전작인 〈미쓰 홍당무〉(2008년)가 나왔을 때, 한국 영화에서 드문 여성 캐릭터의 등장에 찬사가 쏟아졌다. 〈비밀은 없다〉의 손예진과 〈미쓰 홍당무〉의 공효진은 같은 캐릭터다.

"엄마는 멍청하다. 그래서 내가 지켜줘야 된다"는 연홍의 중학생 딸의 말처럼, 두 영화의 주인공은 남성성의 원리로 돌아가는 세상 물정을 모른다. 다만 연홍은 나름 든든한 남편을 둔 기혼 여성이며 김밥을 맛있게 만들 줄 아는 전업주부이고, '미쓰 홍당무' 양미숙(공효진)은 미혼에 새벽부터 영어 학원에 다니는, 세상사에 열심인 현직 교사다. 하지만 두 사람 모두 남성 사회, 젠더 법칙, 출세, 인간관계의 논리, 진짜 돈 버는 방법 등 공적 영역이 작동하는 원리를 모른다.

두 여성 모두 순진하면서도 주변 사람들의 눈치를 살피며 자기 주변 상황이 복잡해지는 것을 싫어한다. 한편으로는 주변을 돌보는 착한 여성들이다. 자기중심적이기도 한데, 이기적이라는 의미가 아니라 자기 정돈과 자기 단속에 바빠서 다른 데 신경 쓸 여유가 없다는 뜻이다. 간혹 자신이 소외되고 있다는 느낌이 들 때 약간의 신경증과 불안 증세가 나타난다.

어쩌면 이 여성들의 신경증 정도에 따라 영화의 장르가 달라진 건지 모른다. 안면 홍조증인 여자가 신경질을 내면서 거리를 돌아다니면 코미디가 될 것이요, 중산층 가정의 미모의 불안한 여자가 남편을 의심하면 스릴러가 될 것이다. 이 영화들의 주인공이 남성이라면 어떨까. 일단 〈미쓰 홍당무〉는 '외모'를 다루고 〈비밀은 없다〉는 '모성'을 다룬다는 사실을 기억하자.

세상은 비밀로 가득하다

〈비밀은 없다〉가 작품성과 재미에 비해 흥행이 안 된 이유로 제목을 꼽는 이들이 꽤 있었다. 제목이 평범하다는 것이다. 사실, 평범함을 넘어 진부했다. 제목이 인상적이지 않아도 입소문이라도 났으면 좋았을 텐데……. 어쨌든 사람들은 이 영화의 제목처럼 비밀은 없다고 생각한다. 입이 '싼' 사람에 의해 마지막에 다 드러난다는 것이다.

아니! 그렇지 않다. '모르는 사실'과 '없는 사실'은 다르다. 모르는 사실은 없다. 비가시화된 현실이 있을 뿐이다. 세상은 비밀로 가득하다. 지와 무지의 경계는 권력이 정한다. 권력이 있는 모든 곳에는 비밀을 둘러싼 정치가 있다. 비밀, 고통, 권력이 삼각형을 이룬다. 비밀로 인해 이익을 보는 자, 억압을 당하는 자, 손해를 보는 자, 고문을 당하는 자……. 비밀(언어, 사실, 정보, 역사……)은 권력관계의 정점이다.

'여성'이 알면 안 되는 진실이 있고, 민초들이 자각하면 안 되는 사실이 있다. 페미니즘과 마르크스주의가 왜 그토록 미움을 받(았)겠는가. 이것이 인간의 역사다. 말할 것도 없이 권력자들은 비밀을 통제하고 관리한다. 그래서 피억압자들에게 앎, 깨달음은 해방이기도 하고 기꺼운 고통의 시작이기도 하다. 만일 여성들이 밥하는 일이 여자의 '운명'(성역할)이 아니라는 것을 깨달을 때, 세상이 어떻게 되겠는가. 남자들은 삼시 세끼 준비 스트레스로 평생을 전전긍긍하느라 역사를 창조하지 못했으리라. 최저 임금이 정규 고용을 필요로 하지 않는 당대 자본주의의 본질을 은폐하고 있다는 사실을 확실히 깨달은 이들이 있다면? 이들이 매복해 있다가 어딘가를 습격한다면?

〈비밀은 없다〉의 연홍은 비밀을 알아내고 사회를 습격한다. 그렇다고 이 영화가 복수극은 아니다. 거듭 말하지만 이 영화의 주제는 자신에게 절대적으로 불리한 사회를 살아내야 하는 사람들은 늘 '정신을 차리고 생각을 하지 않으면 안 된다'는 것이다. 연홍 같은 캐릭터가 불안해 보이는 이유는, 매 순간 이 구호를 외쳐야 하기 때문이다. 정신이 자기 자신을 위해 작동하도록 뇌의 방향을 수시로 회전시켜야 한다.

믿었던 것과 알게 된 것 사이에서

약자의 경험과 지배 언어의 간극을 그린 고전으로 잉그리드 버그먼과 샤를 부아예 주연의 1944년작 영화 〈가스등(Gaslight)〉을 꼽는 데 주저하는 이는 없을 것이다. 내용은 간단하다. 부인의 유산을 노리는 남편은 가스등을 조작하여 깜빡이게 하고, 아내는 자신이 본 가스등과 자신을 믿어주지 않는 남편 사이에서 혼란을 느낀다. 그는 남편의 의도대로 정신병자가 되어 가지만 결국 자기가 본 것을 믿는다.

이 작품은 이후 이 글의 첫머리에 인용한 에이드리언 리치를 필두로 수많은 메타포와 문학 작품, 논문을 낳았다. 거짓에 의문을 제기하는 사람을 정신병자로 만드는 장치, 인식 과정의 성별 정치학과 사회성, 자신만의 언어는 어떻게 획득 가능한가 등 수많은 쟁점을 제공한다. 미국의 심리치료사 로빈 스턴은 이 영화를 소재로 삼아 쓴 책 《가스등 이펙트》(2007년)에서 가부장제 사회에서 여성들의 인식론적 곤경을 '가스등 효과'라고 명명했다. 책의 부제가 길다. '다른 사람들이 당신의 삶을 통제하기 위해 사용하는, 보이지 않는 조종을 발견하고 살아남는 법(How to Spot and Survive the Hidden Manipulation Others Use to Control Your Life)' 그렇다. 문제는 내가 누군가에게 조종당하는 현실이 보이지 않는다는 사실이다.

지구상의 모든 인간은 성별, 계급, 인종 따위가 얽힌 지점에서 저마다 다른 삶을 산다. 인간은 각자 하나의 섬이다. 서로를 역지사지(易地思之)할 수 '없다'. 어렵다. 역지사지는 상대와 다른 땅(위치)에서 생각해보는 것이다. 섬에서 땅으로 이동이 쉽겠는가. 같은 여성이라도 강간을 경험한 여성과 그렇지 않은 여성은 젠더에 대해 생각이 다를 수밖에 없다. 그래서 나는 공부를 타인과 세계를 이해하기 위한 인간적인 행위라고 생각한다.

홀로코스트, 제주 4·3 사건, 호모포비아처럼 타인이 상상하기 힘든 폭력을 경험한 사람은 말하기의 여러 '단계를 거친다'. 일단 자신이 경험한 것이 믿기지 않는다. 자기도 못 믿는데 어떻게 타인에게 이야기하겠는가. 자기 검열과 정치적, 사회적 검열은 연속선을 이룬다. 그래서 평생을 특정 사건의 후유증(aftermath)으로 보내는 인생이 존재하는 것이다.

말을 하려면 자기가 경험한 것, 본 것을 믿어야 한다. 특히 가시화되기 힘든 사건들은 믿는 정도가 아니라 인식론적 확신이 있어야 한다. 그런데 스스로도 안 믿긴다. 믿으면 살 수 없기 때문이다. 이것이 프로이트적 의미의 전통적인 방어기제, 부인 (denial)이다.

국회의원 선거에 출마한 전도유망한 정치인이자 '나를 사랑하는' 남편이 딸의 담임 선생이랑 섹스를 하고, 선생은 그게 약점이 되어 자기 딸에게 시험지를 유출하고, 그로 인해 아이가 살해된 현실. 어떻게 이 현실이 믿어지겠는가. 더구나 이 모든 사건 자체가 연홍이 살아왔던 삶의 궤도 밖에 있으며, 상상조차 하지 못한 세계다.

모든 것이 무너졌다. 엄마를 지켜주겠다던 딸은 영원히 돌아오지 않는다. 트라우마의 생존자들이 경험하는 것은 자기 분열이다. 자신이 본 것과 인식 사이의 분열, 자신의 인식을 타인에게 말할 때 '수위'를 조절해야 하는 분열, 말한 다음에 가까운 사람에게마저도 추궁당하고 의심받을 때 '나는 제정신'이라고 자신을 증명해야 하는 분열……. 이때 자신을 보호하는 유일한 말이 "정신을 차리자"이다. 이것은 방언이다. 사투리가 아니라 자기만 알아듣는 주문(呪文)이다. 말로써 자신을 붙잡는 것이다.

장애인, 여성, 동성애자, 난민으로 사는 것은 힘들다. 사회가 이들의 말을 믿지 않기 때문이다. 이들의 경험을 이해하지 않기 때문이다. 장애인이나 여성의 일상은 공적 영역의 규범에서 제외된다. 페미니스트의 곤란 혹은 문제점도 이것이다. 나는 내가 만나고 도움을 '준' 가정폭력, 성폭력, 성 산업 피해 여성들의 이야기를 오래 듣고 '많이' 썼다. 그런데 같은 여성주의자들조차 믿어주지 않는 경우가 많았다.

고통받은 개인의 경험과 사회의 대화가 가능한 지점은 흐릿하고 아슬아슬하다. 알 수 없는 마치 위험한 물건이 들어 있는 자루에 손을 넣는 기분이다. '지나치게' 진실에 집착하면 파문(破門)당한다.

이 영화에서 "정신을 차리자", "생각을 하자"는 할 일이 많을 때 나오는 말이 아니다. 내가 본 것과 남(편)이 말하는 것이 불일치할 때 나온다. 삶에서 가장 두려운 상황은 자신을 믿을 수 없을 때다. 그럴 때 세계는 혼돈(dis/order)의 연속이다. 질서(order)는 '저들의 것'이다. 저들의 질서가 나를 점령하고 있기 때문에 나만의 삶의 방도를 마련해야 한다.

불안이 정상이다. 불안은 몸의 외부와 자신의 몸이 불일치할 때 나타나는 자연스러운 이성(理性)의 반응이다. "안정돼 보인다." 나는 이 말, 이런 사람을 싫어한다. 정확히 말하면, 사람들이 안정을 욕망하는 현실이 싫다. 안정만큼 계급적인 단어도 없을 것이다. 넉넉하고 아쉬움이 없고 모든 것이 자기 뜻대로 되며 사랑받고 아프지 않은 상태, 어떤 부정의에도 분노하지 않는 우아한 세계. 불일치와의 투쟁이 필요 없는 삶. 이런 인생이 가능한 사람이 얼마나 되겠는가. 사실상 가능하지 않은 상태다.

동시에 피억압자를 '비정상'으로 내모는 말이다.

악은 원래부터 세상이 내 것이라고 믿는 '정신 승리자들'의 세계다. 승리는 싸워서 쟁취해야 하는 것인데, 승리를 이미 갖고 태어났다고 믿는 한가한 사람들 때문에 현실이 왜곡된다. 그러므로 '정신이 안정되고 멀쩡한 사람'은 타인과 자신을 속이는 기득권자들이다. 극중 연홍이 자기 경험을 말하면 사람들은 대개 이렇게 말한다. "너 걱정되게 왜 그래?" "말도 안 돼." "미쳤군."…… 그러니 우리는 오로지 자신만의 판단을 믿고 마법을 걸 수밖에 없다. "정신을 차리자." "생각을 하자."

외롭고 서러운 일이다.

세상의 모든 숫자

암수살인

완전 범죄는 있다

2018년 내게 가장 인상적인 영화는 김태균 감독의 〈암수살인(暗數殺人)〉(2017년)이었다. 암수(暗數), 말 그대로 '보이지 않는 숫자'는 모든 정치의 열쇠다. 여성에 대한 폭력은 대표적인 숨겨진 범죄다. 신고하지 않는다는 의미도 있지만, 범죄라는 인식 자체가 없기 때문이다. 보이지 않는 문제, 보지 않으려는 문제, 왜 어떤 문제는 드러나고 어떤 문제는 덮이는가, 왜 어떤 문제는 문제로도 상정되지 않는가, 누구는 보호받고, 누구는 보호받지 못하는가, 어떤 사람의 살인은 과실치사인데(폭력 남편이 아내를 구타하다가 피해 여성이 사망하는 경우), 어떤 사람의 살인은 교묘히 계획된 범죄인가(여성이 남성의 폭력에 정당방위를 행사한 경우). 그리고 이 모든 것은 누가 정하는가? 차이와 배제, 범주를 둘러싼 권력과 지식은 우리의 삶을 결정한다.

"보이는 것이 다가 아니다"라는 말에는 생각보다 심오한 의미가 있다. '완전 범죄'는 머리 좋은 가해자에 대한 이야기가 아니다. 암수살인처럼 피해를 파악할 수 없는 범죄가 완전 범죄다. 신고도, 시신도, 증거도 없다. 아무 일도 일어나지 않은 것이다. 유일한 증인은 범인이다. 미제 사건도 아니고 범죄 자체가 가시화되지 않은 경우, 그것이 완전 범죄다. 하룻밤에 대한민국에서 얼마나 많은 여성들이 가정폭력으로 혹은 성 산업에 종사하다가 사망하는지 아무도 모른다. 암수살인의 대상이 되는 이들은 이주자, 난민, 노약자, 빈곤층, 노숙자, 여성 등 취약 계층이 대부분이다.

글쓰기나 인문학 강의를 하다 보면 자주 받는 질문 중의 하나가 지식과 지식인의 개념이다. 다른 문제에 비해 이 이슈는 자신 있게(?) 대답하는 편이다. "지식의 개념은 잘 모르겠습니다. 다만 제가 생각하는 지식인은 자신이 무엇을 모르는지 아는 사람입니다. 그런데 이 또한 불가능하다고 생각합니다. 무엇을 모르는지 어떻게 알겠습니까? 모른다는 것을 모르는데……"

지식인의 개념보다는 지식인에게 필요한 태도를 묻는 것이 좀 더 현실적인 질문이 아닐까 생각한다. 지식인이나 예술가에게 필요한 덕목은 사명감이 아니다. 윤리성 추구와 지향. 가장 기본적인 윤리적 자세는 자신이 모른다는 사실을 아는 것이다. 지식은 공부하고 조사해서 발견하는 것이 아니라 발명되는 것이기 때문이다. 지식은 어딘가에 있어서 찾아내는 대상이 아니라 특정한 시각이 없다면 드러나지 않는 사실이다. 시각이 지식을 드러나게 하므로 지식은 발명(making)되는 것이다. 그래서 객관적인 지식이란 존재할 수 없다. 시각이 앎을 결정한다. 보이는 것과 보이지 않는 것의 차이는 우리가 끼고 있는 렌즈의 색깔에 달려 있다.

등록되지 않는 죽음

영화 〈암수살인〉의 미덕은 윤리성에 있다고 생각한다. 대부분의 형사 영화는 범인과의 심리 게임이나 액션(폭력), 스릴러를 강조한다. 주제는 남성들 간의 승부이고, 피해자(주로 여성과 어린이)는 그들의 대결이 가능하도록 기능하는 도구다. 그런 영화 중에서 가장 뛰어난 웰메이드를 꼽으라면 봉준호 감독의 〈살인의 추억〉일 것이다.

〈암수살인〉은 반대 입장을 취한다. 등장인물은 형사와 범인이지만, 서사의 흐름은 철저히 피해자 중심이다. 또한 이 영화는 고통에 대한 감수성을 다루고 있다. 이로 인해 〈암수살인〉

은 한국 영화에서 보기 드문 작품이 '되었다'.

　이 영화의 윤리성은 실화를 바탕으로 한 이야기였기에 가능했다고 본다. 마지막 장면에서 범죄자 강태오(주지훈)는 형사 김형민(김윤석)에게 진부한 대사를 던진다. "니가 아무리 지랄해도 결국 내는 못 이겨." 형사는 진부하지 않게 받는다. "내가 니 같은 놈 이겨서 뭐 하려고?" 그는 이기고 지는 데 관심이 없음을 분명히 한다. 이 장면을 두고 "진짜 이겼다"고 말하는 이들도 있지만, 이 역시 승부의 관점이다. 인간의 생명을 두고 승부가 중요한가? 형사의 관심은 범죄자와의 심리 게임에서 이기는 것이 아니라 피해자와 범죄로 인해 고통받는 사람들에게 있다. 그래서 (실화와 달리) 김형민은 재소자 강태오에게 편의를 제공하는 등 불법 행위도 불사한다. 그에게 중요한 것은 단 하나, 누군가의 고통을 덜어주는 것이기 때문이다.

　흥미로운 것은 이러한 대립 구도가 사회운동에서도 빈번하다는 사실이다. 어떤 이들은 '적'과의 싸움, 즉 이기는 데 무게를 두는 반면 어떤 이들은 피해자를 지원하면서 그들의 상황을 더 걱정한다. 물론 피해는 사회 구조의 산물이기 때문에 두 가지 모두 중요하다. 그러나 전자의 입장을 지나치게 강조하면, 피해자는 사회운동의 명분이나 증거로 전락하게 된다. 피해자를 '앞세우거나 동원하는' 사회운동가들은 의외로 많다. 이들의 변(辨)은 한결같다. "대중을 설득하기 위해서는 피해자가 필요하다."피해자를 위해 운동을 하는 것이 아니라 '대의'를 위해 피해자가 있어야 된다는 논리다.

사실 '완전 범죄'라는 표현은 가해자의 관점이다. 피해자의 관점에서 완전 범죄는 가능하지도 않고, 가능해서도 안 된다. 사람이 범죄의 대상이 된 현실이 완벽하다는 말인가. 논리적으로도 난센스다. 예를 들어 "세월호 사건은 완벽했다"는 말이 가능한가? 피해가 퍼펙트했다?

영화에서는 "암수살인이 한 해 최소 2백 건"이라는 대사가 나오지만, 이 숫자가 정확하지 않다는 것은 법무부 장관도 알 것이다. 경찰이 인지한 사건만 이 정도라는 것이다. 실제는 얼마나 많은지 알 수 없다. 실종 사건에서 남겨진 이들의 고통은 사라진 이의 죽음 여부가 아니다. 실종자의 생사 여부를 확인할 수 없는 지속적으로 유예되는 고통. 기다리는 이들의 고통. 이들은 고통이 끝나길 원한다. 여기서 딜레마는 생사 여부를 범인만 알고 있으며, 그것이 그의 권력이라는 사실이다. 때로는 수사 기관이 파악하지 못한 범죄를 범인이 자백하는 조건으로 형량 거래를 하기도 한다. 〈암수살인〉에서는 형사가 자기 돈을 써 가며 범인과 적극적으로 협상한다.

요컨대 〈암수살인〉은 고통, 가시성, 윤리에 관한 이야기다. 그런데도 상업 영화로서 나름 성공했다는 점은 성취가 아닐 수 없다. 나는 이 영화를 세 번 봤다. 볼수록 다른 대사가 들린다.

암수살인의 피해자는 사회적 약자라는 점, 피해자의 신분이나 언론의 관심도에 따라 사회적 자원(수사)이 다르게 분배되는 현실을 이만큼 성실히 추적한 영화도 드물 것이다. 한국판 페미사이드(여성 살해)의 전형을 보여준다. 이 영화는 안전이라는 사회적 공공재가 가해자와 피해자 사이의 권력, 경제력에 의해 좌우되는 사회에 대한 본격적인 문제 제기다.

등록되지 못한 피해

정찬의 소설집 《새의 시선》(2018년)에 수록된 단편 〈등불〉은 세월호에 승선한 사람 중에 명단에 없는 이들의 이야기다. 우리는 세월호에 탄 모든 이들의 명단을 확보하고 있는가? 세월호에 정확히 몇 명이 있었는지 알고 있는가? 만일 운임이 없어서 아는 사람에게 부탁해 아이와 함께 배에 탄 가난한 여성이 있었다면? 세월호 사건의 정확한 피해자 수는 아무도 모른다. 미등록된 자의 죽음. 그 어디에도 흔적이 없는 죽음이다.

무지가 권력인 사회에서, 소수자를 함부로 하는 사회에서, 시민권의 의미가 좁은 사회에서는 누가 인간이고 성원권을 가졌는지가 언제나 논쟁거리다. 인간의 범주는 사회가 정한다. 그 과정에서 우리는 민주주의의 척도를 알 수 있다. 생명으로 간주되는 않는 사람들, 인간으로 합의되지 않는 이들……. 태아의 생명권, 청소년의 선거 연령, 동성애자와 인터 섹스(間性)의 인구가 대표적이다.

누군가의 죽음이 자살인지 타살인지는 투쟁을 통해서만 확보되는 진실이다. 우리는 통계를 통해 현실을 아는 것이 아니다. 통계는 그 사회가 합의한 개념에 따라, 그에 맞는 수준의 정보를 제공할 뿐이다. 예를 들어 무엇이 폭력이고, 무엇이 위계일까? 가해자, 피해자, 조사자의 개념이 다 다르기 때문에 학교폭력이든 가정폭력이든 군대 내 폭력이든 실태 조사가 어렵다. 이런 일들은 부지기수다. 통계를 믿을 수 없다는 이야기가 아니라 통계의 맥락을 알아야 한다는 얘기다. 나는 〈한국기지촌여성인권운동사〉를 쓴 적이 있어서 주한 미군 기지에 관한 질문을 종종 받는데, 그때마다 뭐라고 답해야 할지 당황하곤 한다. 통상 기지(bases)의 개념에는 다양한 '시설'의 의미가 있기 때문이다(a military base, camp, post, station, yard, center, homeport facility……). 이 단어들을 모두 '기지'로 번역하면 우리는 기지를 제대로 알 수 없다. 군사(軍事)를 알아야 하는 문제다.

〈암수살인〉은 고통, 지식, 권력의 문제를 연결한다. '통찰'을 뜻하는 영어 insight는 '눈을 감아야 새로운 것이 보인다'는 뜻이다. 우리가 알고 있는 기존의 지식을 잠시 잊거나 상대화하지 않으면 새로운 지식은 절대로 들어오지 않는다. 그래서 나는 '절충'을 싫어한다. 여성주의 지식이나 마르크스주의가 사회적 저항이 큰 이유는 이 때문이다. 기존의 사고방식을 의심해야 하는데, 이는 기득권과 연결된 문제다. 여성주의는 가부장제 세계관과 협상할 수는 있지만 양립할 수는 없다. 환경운동은 발전주의와 양립할 수 없다. 모든 인식이 당파적일 수밖에 없는 이유다. "아는 만큼 보인다. 그때 보이는 것은 전과 같지 않으리라"는 아름다운 말이지만, 실상은 매 순간의 긴장을 요구하는 만만치 않은 요구다.

이 영화에서 내가 좋아하는 몇 장면이 있다. 영화의 첫 장면, 형사 역의 김윤석과 그와 대척점에 있는 범죄자 역의 주지훈 두 배우가 비 오는 부산의 자갈치 시장에서 만난다. 이 칼국수 집 장면은 화면 밖으로 멸치 국물 냄새가 풍기는 듯했다. 또 형사가 범죄자에게 "그지 맹크로(거지처럼)"라고 말하는 장면도 기억난다. 중독성이 있는 부산 사투리(서울말도 사투리지만)였다. 6년에 걸친 감독의 현장 연구는 이 속도의 시대에도 창작의 원칙은 변함이 없음을 일깨운다.

김윤석 배우의 영화를 거의 다 보았지만 비슷한 장면이 거의 없다. 내가 가장 좋아하는 그의 영화는 〈천하장사 마돈나〉(2006년)다. 여성이 되기를 꿈꾸는 뚱뚱한 씨름 선수(류덕환)의 아버지로 나오는데, 그는 상흔이 가득한 얼굴로 학대를 대물림한다. 상처 입은 남자가 아들에게 휘두르는 폭력. 나는 그의 '루저 한국 남성' 연기에 소스라치게 놀랐다.

〈암수살인〉의 모든 장면이 현장감이 있지만, 경찰서나 관공서에 '박카스'를 사 오는 민초들, 실종자 할머니 역의 허진 배우의 연기도 좋았다. 택시 안의 토사물을 닦아내는 여성 노동자들의 일하는 장면. '거지' 같은 인생, 강태오도 하지 않는 노동이다. 구토기와 눈물이 동시에 나왔다. 영화를 본 이들은 그의 식사 장면을 기억하리라.

두 형사(김윤식, 진선규)가 사체를 찾기 위해 포클레인 기사에게 '애원'하는 장면은 굉장한 기시감이 들었다. 우리 주변에는 자기 일도 아닌데 늘 손해를 보면서 남을 돕는 사람들이 있다. 이들의 일은 주변 사람들의 도움이 필요하다. 이 영화에서처럼 상관, 후배, 검사, 가족의 도움이 절실하다. 그러니, 이들의 인생은 늘 미안하고 죄송하다. 이것은 자연스러운 일이다. 이런 일은 혼자 못하기 때문에 주변에 '민폐'를 끼칠 수밖에 없다.

피해를 공유하는 윤리

스톱

김기덕 감독과 조재현 배우는 영화 산업의 권력 구조를 이용한 성폭력 가해자, 조직범죄자다. 나는 영화계 미투 운동을 지원하면서 그 실상을 '일반인'보다 구체적으로 알고 있다. 각본가, 제작자인 김기덕 감독은 2020년 12월 코로나19 합병증으로 라트비아에서 사망했다. 당시 언론은 간단하면서도 어중간하게 보도했다. 추모의 움직임은 거의 없었고, 추모 반대의 목소리는 분명했다. 그는 실제로 성폭력 범죄자였을 뿐 아니라 많은 작품이 여성 학대 포르노그래피인 성폭력 그 자체였다.

한국인 감독으로서 유일하게 세계 3대 영화제(칸영화제, 베니스국제영화제, 베를린국제영화제)의 본상을 모두 받았으나, 한국 사회에서는 비평 작업도 멈춘 상태다. 언급할 가치가 없는 인물이라고 생각하는 듯하다. 영화평론가 정성일은 김기덕 감독의 말 "나는 설명하는 방법을 배우지 못했습니다. 그래서 내가 본 세상을 보여줄 수 있을 뿐입니다. 그러니 내게 설명을 요구하지 말아주세요. 그 대신 영화를 보아주세요"를 전함으로써 추모를 대신했다가 여론의 비판을 받았다.

이러한 상황에서 늘 나오는 이야기, "작품과 감독의 가치관은 분리될 수 없다"라는 단언이 오가는데, 보충이 필요하다고 본다. 물론 나도 글자 그대로 그를 '추모(追慕)'할 생각은 전혀 없지만, 그것이 연구가 불필요함을 의미한다고 생각하지는 않는다. 이런 식으로 문(門) 자체를 걸어 잠그면 '김기덕'이라는 한국 사회의 현상을 읽을 수 없다. 쟁점은 '작품=감독'이라는 도그마가 아니라 감독도 사람이기 때문에, 한 인간에게는 여러 상황에서 다양한 위치가 있다는 사실이다.

인간은 중층적 존재다. 그러나 그 자신도 한국 사회도 모두 그를 단정(斷定)하고, 스스로도 사회도 그를 '유아기'에 남겨 두었다. 그는 성장하지 못했다. 예순 언저리에 사망한 그에게 어떤 가능성이 있었을까. 나는 〈스톱(Stop)〉(2015년) 이후에 약간의 기대가 있었다. 물론 그 전에 수감되어야 했겠지만.

후쿠시마 원전 사고를 어떻게 다룰 것인가

나는 김기덕의 영화를 '한국의 남성성 연구'라는 차원에서 모두 보았다. 어떤 작품은 두 번 보았다. 고통스럽고 몸이 아픈 중노동이었다. 나는 그의 영화를 세 종류로 나눈다. 작품의 만듦새 자체가 어설픈 유치한 영화(〈해안선〉), 걸작 두 편(〈빈집〉, 〈스톱〉) 그리고 나머지는 그냥 목불인견의 미소지니(여성 혐오) 그 자체다(〈나쁜 남자〉). 대개 그의 작품은 그의 분노 표출이라고 하는데, 이는 그의 입장이고 관객들은 더 분노한다. 나 역시 분노 그 이상의 모욕감을 느끼거나 그가 경험한 세계가 저 정도로밖에 '승화'되지 않는지 하여튼 답답했다. 거리를 두지 않으면 적절히 평가할 수 없는 작품이 많다. 그런데 김기덕 감독에 대한 인식이 증오가 아니라 경멸에 가까운 것은 왜일까, 생각해본다.

〈빈집〉(2004년)은 비교적 널리 알려져서, 페미니스트 평론가들도 "눈을 의심했다"며 찬사를 보냈다. 나는 앞으로 한국의 남성 영화감독 작품 중에서 '집'에 대한 이토록 급진적인 영화는 출현하기 어렵다고 본다. '홈, 하우스, 계급, 소유와 이동, 유목'에 관한 놀랄 만한 작품이다. 또한 한국 사회에서 더는 김기덕 같은 성장 배경을 지닌 감독은 나오지 않을 것이다. 그의 범죄와 로만 폴란스키의 범죄, 그의 작품과 폴란스키의 작품을 같이 비교하는 것은 난센스다. 그와 폴란스키의 사회적 배경은 다르다.

나는 2016년 서울국제환경영화제에서 김기덕 감독의 〈스톱〉

을 보았다. 누적 관객 수 283명의 〈스톱〉은 2011년, 일본의 후쿠시마 원자력 발전소 폭발 사건 당시 지역 주민인 젊은 부부의 임신과 이를 둘러싼 갈등을 다룬다. 바로 전에 나홍진 감독의 〈곡성〉(2016년)을 보았는데, 미장센은 좋았지만 별로 무섭지 않다. 〈스톱〉을 보고 〈곡성〉이 귀신 영화라고 할 수는 없지만 인간이 만들어낸 공포(귀신)보다 인간 자체가 제일 무섭다는 사실을 새삼 깨달았다.

배제된 사람이 없는 사회

여성의 출산과 자기 결정권, 사고 지역의 고립, 에너지 소비의 계급성(전기로 돈을 버는 사람과 그로 인해 삶이 파괴되는 사람), 어린 피해자를 향한 또래들의 이지메, '기형아'에 대한 공포, 일본 정부의 태도, 감독 특유의 여성과 남성에 대한 묘사…… 이 모든 이슈에 관심 있는 나로서는 매 순간이 인상적이었지만, 특히 사고 지역에 몰래 들어가 돼지를 도축하여 도쿄 중심가 음식점에 내다 파는 청년의 이야기가 좋았다. 남자 주인공이 청년에게 "오염된 고기를 파는 건 나쁜 거야"라고 말하지만, 그는 "후쿠시마 고기를 모두 먹어야 한다"고 주장한다. 다만 알고 먹을 사람은 없으므로 자기가 몰래 '먹일' 뿐이라는 것이다.

나는 이 부분이 영화의 주제라고 생각했다. 감독은 타인의 고통을 '마음'으로 공감하는 윤리가 실제로는 불가능하다는 현실을 알고 있다. 그래서 피해를 '행동'으로 공유시키는 윤리를 제안한다. "전기는 도시에서 다 쓰고, 왜 우리만 당해야 해!" 이는 '다 같이 망하자'는 논리가 아니다. 원전 자체를 없애야 하겠지만 쉬운 일이 아니므로 일시적인 '해결'은 피해를 보편화하는 것이다. 행하는 사람(주체)과 당하는 사람(대상)의 구분을 없애고 타자(他者) 없는 세상을 만들자는 실험이다.

대개 사람들은 자신이 국외자라는 사실을 모른다. 전체의 동등한 일부, 보편자라고 생각한다. '불행은 남의 일이다. 나에게 일어날 리 없다. 국가가 가만히 있을 리 없다'는 희망이 없다면 살 수 없기 때문이다. 김기덕 감독은 손쉬운 발상인 저항이나 진실을 제시하기보다 관객의 위치를 질문한다.

문제는 '도쿄'와 '서울'이 특정 지역(후쿠시마, 밀양, 강정……)에 위험 시설을 건설하여 끊임없이 내부 식민지를 만들어내는 현실이다. 한국은 문제가 생기면, 은폐(그것도 대충), 책임자의 거짓말, 손바닥으로 하늘 가림, 여론이 조용해질 때까지 방관, 소 잃고 외양간도 안 고치기, 피해자 고립을 대책으로 삼는 나라다. 진상 규명을 하지 않음으로써 피해자를 고사시키고 문제를 떠넘긴다. 통치 세력은 이 문제에 관한 한 대단히 발전된 메커니즘과 언어를 갖고 있다.

희생양을 생산하는 방식은 타인과 완전한 단절을 추구하면서 교집합을 제거하는 것이다. 타인을 나의 외부, 부정(否定)으로 설정한다. "기쁨은 나누면 배가 되고 슬픔을 나누면 반이 된다"는 인간사가 작동하지 않는 시대다. 타인의 기쁨은 시기와 스트레스이며, 고통을 겪는 사람들에게는 짜증을 낸다.

슬픔은 소비의 적이다. 권력은 회로애락에 관해 전권을 행사하기 시작했다. 그들은 특정 시민만을 보호한다. 이처럼 기쁨과 슬픔을 자율적으로 나눌 수 없게 될 때, 정의를 실현하는 방식은 피해를 특정인의 몫으로 치부하지 않고 '바로 당신의 문제'라는 인식을 공유하는 것이다.

필요하지만 바람직하지 않은 현상을 뜻하는 용어, '필요악'. 인식과 문법 면에서 모두 틀린 표현인데 사회는 이 말을 좋아한다. 불의와 불평등을 손쉽게 설명해주기 때문이다. 원전, 성매매, 누가 군대에 갈 것인가 같은 문제가 대표적인 예다. 일상에서 가장 만연한 필요악 논리는 아마 성매매일 것이다. 성매매는 필요악이다? 누구의 입장에서 필요하고, 누구의 입장에서 악이란 말인가. 필요도 악도 모두 남성의 시각이다. 악은 악일 뿐이다. 사회 문화적으로 제도화하면서까지 유지해야 할 '필요한 악'은 없다.

군사주의를 반대하는 평화운동가들 중 일부는 징병제가 개인의 자유를 침해하는 문제가 있지만 그렇다고 군대를 없앨 수는 없으므로 모병제를 주장하는 이들이 있다. 지금도 신의 아들, 장군의 아들, 사람의 아들, 어둠의 자식들로 신분 질서가 정해진 판에 모병제가 되면 어떤 계층이 군대에 가겠는가? 군대는 더욱 계급화되고 게토화될 것이다(물론 이 모든 문제는 미국의 허락이 필요하다).

TV에 나와 후쿠시마 생선을 먹어도 문제가 없다고 직접 시식하는 일본 총리의 모습은 오히려 문제가 있다는 확신을 품게 한다. 문제가 없다면 증명할 필요도 없다.

그런데 우리 정부는 이런 속임수조차 쓰지 않는다. 모두가 슬퍼하는 것보다 "산 사람이라도 살자"고 주장한다. 언뜻 합리적으로 보이는 이러한 생각이 문제의 원인이다. 방사능에 오염된 고기, 가기 싫은 군대, 환경 오염된 미군 기지……. 해결할 수 없다면 다 같이 겪어야 한다. 그래야 개선된다. 자기 집에 물난리가 날 때, 기름이 유출될 때, 자식이 군대에서 자살할 때, 세월호에 탔을 때'만' 권력은 움직이게 되어 있다. 불행하지만 이것이 가장 빠른 해결책이다.

우리는 착각하고 있다. 민주주의 사회는 모두가 혹은 다수가 행복한 사회가 아니다. 배제된 사람이 없는 사회다.

내 영화를 망친 그들의 연대

'제이슨 본'이라는 남자

내가 좋아하는 배우

내 노트북의 바탕 화면은 대중적으로 비호감인 어느 남자 배우의 사진이다. 내가 이 배우를 개인적으로, 인간적으로 알 리가 있겠는가. 다만 그의 연기와 극중 캐릭터를 좋아하고, 그가 쓴 글과 인터뷰를 인상 깊게 읽었을 뿐이다(나는 그가 독특한 사람이라고 짐작한다).

나는 노트북을 켤 때마다 옆에 있는 사람들로부터 정말, 단한 번도 빠짐없이 이런 얘기를 들었다. "페미니스트가 ○○○을 좋아해?" 혹은 아예, "네가 컴맹이라 다운로드가 잘못되었나봐! 내가 바꿔줄게." 말하는 이도 있다. 그 배우는 아직은(?) 성폭행범도 아닌데, 사람들이 왜 싫어하는지 모르겠다. 나는 정우성 배우도 좋아하지만 모든 남자 배우가 그와 같을 수는 없지 않은가. 하긴 이 역시 어불성설일지 모른다. 한국 사회는 난민 인권을 논하는 배우를 더 싫어할까, '문란한' 배우를 더 싫어할까, 병역을 기피한 배우를 더 싫어할까. 모두 뇌관이다.

내 심정은 복잡하다. 일단 "내가 페미니스트인가?"라는 자문만으로도 머리가 아프다. 이 세상에는 내가 동일시하고 싶지 않은 다양한 페미니스트가 존재한다. 그들의 입장을 존중하지만 그들이 페미니스트라면 나는 '아니다'. 마르크스주의, 환경주의, 페미니즘은 모두 내가 추구하는 수많은 정체성 중 하나일 뿐, 나는 특별한 정국을 제외하면 'ㅇㅇ주의자'라 자칭하지 않는다. 'ㅇㅇ주의자'는 선언한다고 획득되는 위치가 아니기 때문이다. 더구나 나는 'ㅇㅇ주의자'들이 감당해야 하는 책임감과 자기 검열을 잘 알고 있다. 어려운 일상의 연속이다. 기본적으로 나는 정체성의 정치에 반대한다.

예술가의 재능과 인간의 품성 사이의 간극에 관심이 많은 나 같은 관객들은 고민한다. "작품은 좋은데, 그 감독 인간성이 나쁘다며?" "난 그 배우 나오는 영화는 무조건 패스해. 배우 이전에 인간이 돼야지!" "네가 어떻게 그런 소설가를 좋아할 수 있니?" 흔한 대화다. 이런 논쟁은 '타인의 취향'으로도, '정치적 올바름'으로도, '똘레랑스'로도, '작가와 작품의 분리 논리'로도 해결할 수 없는 제3의 정치학을 필요로 하는 이슈다.

덜 논쟁적인 문제도 있다. 단지 무지와 통념으로 인한 혐오에서 발생하는 어처구니없는 일들이다. 어떤 클래식 애호가(?)가 내게 물었다. "차이콥스키가 동성애자라면서요?" "그런데요?" "저는 그다음부터 그의 음악을 듣는 것이 께름칙해요." "그러세요? 그럼 듣지 마세요." 나는 차이콥스키와 바흐 없이 살 수 없다. 차이콥스키가 동성애자라서 그의 음악을 못 듣겠다면 그 사람만 손해다. 아니, 음미할 자질조차 없는 거다. 세상에 별의별 사람 다 있다.

오스카 와일드, 트루먼 커포티, 안데르센, 〈주노〉와 〈인셉션〉의 엘리엇 페이지, 조디 포스터……. 우리가 사랑하는 예술가가 성소수자라서 '꺼려진다면' 볼 책도 영화도 거의 없을 것이다. 먼저 이런 이슈를 문제 삼는 사람들에게 묻고 싶다. "당신이 뭔데?" 이 말은 배우이자 각본가인 사이먼 페그가 주연을 맡은 영화 〈하우 투 루즈 프렌즈(How to Lose Friends & Alienate People)〉(2008년)의 대사이기도 하다. 이 영화는 주인공 시드니 영(사이먼 페그)이 뉴욕에서 연예 잡지 기자로 성공하기 위해 애쓰다 실패하는 이야기다. 시드니 영은 스타들의 치부를 파헤치는 기자로 유명했고, 그 덕분에 뉴욕 잡지사에 스카우트된다. 그는 살아남기 위해 얻은 일거리(영화감독 인터뷰)에서 자신의 능력을 발휘하고자 한다. "(영화 내용에는 관심 없어 하며) 당신은 유대인인가요? 당신은 게이인가요?" 인터뷰 참사를 전해 들은 뉴욕의 문화계 거물 편집장은 말한다. "이 바닥은 원래 게이, 유대인 빼면 없어."

가해자보다 '더 나쁜'

대중의 사랑과 존경을 받는 정치인, 학자, 예술가 들의 인간성이 그가 이룬 성취와 비례한지 아닌지 정확히 알기는 어렵다. 인간성은 수많은 요소로 이루어진 개념이기 때문이다. 아내를 학대했는지(톨스토이), 남의 업적을 가로챘는지(아인슈타인), 성차별을 일삼았는지(레닌), 자기만 지식인이라고 생각했는지(푸코), 비열한 연애로 상대에게 고통을 주었는지, 권모술수를 부렸는지, 표리부동했는지, 부동산 투기를 일삼았는지……. 거의 대부분의 '위대한 서양인'들은 제국주의자들이다. 성폭력범은 너무 흔해서 이 논의에서 제외한다.

하지만 나는 이제 재능과 인간성의 불일치 때문에 더는 좋아할 수 없게 된 배우가 있다. 맷 데이먼. 영향력 있는 남성 감독, 남성 배우의 성폭력은 신고와 처벌 전 과정에 걸쳐 피해자와 가해자의 커리어가 달린 문제고, 이에 대한 사회적 판단도 다양하다. 남성 연대는 개별적 이성애를 능가한다. 남성 문화는 자신이 사랑하는 여성보다 남성들과의 연대를 더 중요하게 생각하는 사회를 의미한다. 일반 남성들이 성폭력 피해자에게 가장 흔히 휘두르는 무고죄. 무고죄 강화. 윤석열 정부의 선거 공약에서 가장 열렬한 지지를 받은 사안이었다.

성폭력 가해 용의자는 남성 문화의 응원과 보호를 받거나 그 반대로 일반 남성들이 자신들과 선을 긋기 위해 더 많은 비난을 받는다. 이 차이는 어디서 오는가. 가해 용의자의 법적, 사회적 처벌의 차이는 그가 남성들 내부에서 어떤 권력과 자원을 갖고 있는가에 달려 있다. 모든 가해자가 똑같은 처벌을 받지 않는 것은 말할 것도 없고 여파도 다르다. 모든 범죄가 그렇듯, 성폭력 범죄는 정확히 정산(定算)되는 범죄가 아니다. 아마도 범죄를 둘러싼 경계가 가장 흐린 문제일 것이다. 유전무죄는 물론 평판, 나이, 이미지 등 여러 요소가 작용한다. 이는 다시, 일반 대중에게 어떤 성폭력 가해자는 '꽃뱀의 피해자'로, 어떤 가해자는 '벌레보다 못한 징그러운 인간'으로 각기 다르게 인식하도록 만든다. 김기덕 감독의 성폭력과 맷 데이먼의 성폭력 가해자 옹호에 대한 반응은 그래서 다르다. 김기덕 감독의 이미지와 하버드대학 출신 맷 데이먼의 이미지, 그리고 그들이 한국 사회와 미국 사회에서 갖고 있는 네트워크에는 큰 차이가 있다.

내게 맷 데이먼은 왠지 미국인도 제국주의자도, 심지어 '남성'도 아닐 것 같은 이미지였다. 할리우드에서 미투 운동이 일어나기 전까지 그는 내가 가장 좋아하는 배우 중 한 사람이었다. 맷 데이먼은 설명이 필요 없는 배우다. 18살에 커리어를 시작해 거스 밴 샌트, 스티븐 스필버그, 클린트 이스트우드, 리들리 스콧 등 여러 거장들과 작업했고, 알려져 있다시피 글쓰기에도 능하다. '바람둥이'나 '왕자병' 스타일도 아니다. 특히 그는 물 부족 국가 사람들을 돕기 위한 운동(water.org)에 주도적으로 참여해 왔다. 2016년 영화 〈제이슨 본(Jason Bourne)〉 홍보를 위해 한국을 찾았던 그는 JTBC 〈뉴스룸〉에 출연해 자신이 맡은 캐릭터에 대한 해석과 영화 철학, 정치적 소신을 밝히기도 했다.

내가 그를 좋아한 이유는 순전히 작품 자체 때문이었다. 이 글을 쓰기 위해 검색을 하니, 그의 영화를 다 봤다. 이상하게 그가 연기한 캐릭터들은 거짓말을 일삼고 살인까지 저질러도 순수해 보인다. 심지어 '리플리'마저. 〈리플리(The Talented Mr. Ripley)〉(1999년)는 〈태양은 가득히(Purple Noon)〉(1960년)를 리메이크한 작품인데, 〈태양은 가득히〉 속 알랭 들롱의 리플리와 맷 데이먼의 리플리는 무척 다르다. 그의 인간성이 모든 캐릭터를 선하게 만드는 것 같았다.

그런 그가 2017년에 시작된 할리우드의 미투 운동 과정에서 (대중 매체의 표현을 빌리자면) "연일 말실수를 했다." 아니면, 그의 '본색'이 드러난 것일까? 그가 한 발언을 보자. "엉덩이를 토닥거리는 것과 강간, 아동 성추행은 다르다." "영화 제작자까지 인종 다양성을 보장할 필요는 없다.""성 정체성은 편견을 줄 수 있으니 드러내지 않는 게 낫다.""성추행을 안 하는 사람이 더 많다." 결국 일련의 발언이 문제가 되면서 카메오로 출연했던 영화에서 편집을 당하기도 했다. 여성 주인공들이 이끄는 영화 〈오션스8〉에 카메오로 출연했으나, 수많은 여성들의 거센 항의로 작품에서 깨끗이 지워졌다.

'평균 시민의 교양 미달'이라는 측면에서 실망스럽기는 했지만, 내가 결정적으로 맷 데이먼에게 실망한 계기는 따로 있다. 그가 (쿠엔틴 타란티노, 벤 애플렉 등과 함께) 지난 20년 동안 하비 와인스타인과 친분이 깊었음에도, 즉 와인스타인의 숱한 성범죄 사실을 알고도 묵인했다는 사실이다. 맷 데이먼은 과거 귀네스 팰트로가 와인스타인에게 성추행당한 일을 당시에 알고 있었다고 방송에서 인정했다.

2017년 할리우드의 유명한 영화 제작자였던 하비 와인스타인이 자신의 지위를 이용해 30년간 백여 명이 넘는 여성들에게 성폭력을 가한 사실이 드러났다. 그의 사건은 할리우드 미투 운동을 촉발했으며, 그는 2020년 1심에서 징역 23년형을 선고받았다. 미투 운동의 점입가경은 한이 없다. 아카데미 2관왕, 연기파 배우 케빈 스페이시는 열 명이 넘는 동성의 미성년자와 그들의 부모로부터 성추행으로 고소를 당했지만, 금세 현역에 복귀했고 엉뚱하게 '동성애자'로 커밍아웃했다(이 사실이 더 황당하다).

"작품에 집중할 수 없다"는 피해

모건 프리먼은 훌륭한 배우다. 그만한 필모그래피를 지닌 배우도 흔치 않다. 나는 그의 영화 속 모든 캐릭터를 좋아한다. 악역도 멋지다. 넬슨 만델라로도 나왔고 대통령, 지식인, 형사, 멘토, 믿음직스러운 친구, 통찰 넘치는 스승⋯⋯. 그러나 2009년, 당시 45세 연하 의붓 손녀 에디나 하인스와 성관계가 논란이 됐다. 2018년에는 여성 여덟 명이 모건 프리먼에게 영화 촬영장과 매니저 사무실 등에서 성추행을 당했다는 증언이 CNN을 통해 보도된 바 있다. 프리먼은 성명서를 내고 사과의 뜻을 전했다. 나는 이후로 프리먼의 영화를 볼 때 "45년 연하의 소녀"가 생각나서, 작품에 집중할 수가 없다.

지금도 활동 중인 유명한 노년의 배우가 있는데, 그는 1987년 6월 항쟁 이후 치러진 대통령 선거에서 노태우 후보를 지지하는 TV 연설을 했다. 그가 노태우 후보를 지지한다면서 한 첫마디는 (내 기억이 맞다면), "나는요, 왠지 그 양반(노태우)이 좋습디다"였다. 그 말을 분명히 기억하고, 그 말을 들었을 때의 느낌이 아직도 몸에 남아 있다. 노태우와 광주 학살 그리고 한국 사회의 군사주의와 군부에 대해 '공부'를 한 사람으로서, 나는 그 이후 그 배우가 나오면 채널을 돌린다.

난 맷 데이먼도 '잃었다'. 이제 그가 출연한 작품을 볼 수 없을 것 같다. 그의 영화를 볼 수 있을 만큼 '비위'가 강하지 못하다. 작가와 관련해서도 비슷한 일이 있다. 몇 년 전 세계적인 석학이 한국을 방문한 적이 있는데, 우연히 나는 그의 일거수일투족을 옆에서 지켜보게 되었다. 안내 업무를 맡은 친구로부터도 그에 대한 이야기를 들었다. 이후 나는 그의 책을 읽지 않는다.

'개념 매력남'인 줄 알았던 맷 데이먼에게 놀라고 나니, 내가 좋아하는 마크 러펄로도 의심이 간다. 게다가 그는 페미니스트로 알려져 있다. 사실이 아니면 어떡하지? '더 나쁜 놈'이면 어떡하지? 사는 게 힘들 때마다 나는 〈인 더 컷(In The Cut)〉(2003년)의 러펄로 같은 남자가 나타날(?) 것이라는 환상과 〈유 캔 카운트 온 미(You Can Count On)〉(2000년)에서 러펄로의 구멍 난 러닝셔츠를 생각하면서 웃곤 한다. 나는 점점 〈인 더 컷〉의 맥 라이언처럼 편집증 환자가 되어 갈 판이다(그는 아직 훌륭하다). 차라리 스파이크 리처럼 대놓고 마초인 남자가 나을까. 나는 좋아하는 배우(영화 속 캐릭터)나 영화에 대해 이야기하기를 좋아한다. 그러나 미투 이후 이런 이야기를 나누기 힘들어졌다.

예를 들어 장애인이나 어린이를 학대하는 예술가가 있다면 얘기는 훨씬 쉬워질 것이다. 이런 사람의 작품은 논쟁의 가치조차 없다. 혹은 스티븐 스필버그를 보라. 그는 홀로코스트에 대해 조금이라도 태도가 올바르지 않은 배우, 감독, 스태프하고는 일하지 않는다(해고한다). 가장 최근의 예가 〈트랜스포머〉로

스타덤에 오른 메건 폭스다. 그러나 그 누구도 스필버그에 대해서는 토를 달지 않고, 억울하다고 울고불고 하지 않는다.

젠더 폭력에 대해서만 관대하다는 얘기다. 성폭력은 그 어떤 잘못보다 엄격히 다루어져야 한다. "두 번째 기회(second chance)를 주지 않는다" "무죄 추정의 원칙이 적용되지 않는다"라는 남성들의 반발은 전혀 현실성이 없다. 남성 사회는 스스로에게 혹은 여성에게 두 번째 기회를 줄 기회를 주지 않는다. 부정하고 은폐하고, 가해자는 여전히 열심히 살고 있기 때문이다. 첫 번째 잘못을 인정하지 않는데 두 번째 기회가 웬 말인가.

맷 데이먼. 다시는 그의 영화를 보고 싶지 않아서 속상하지는 않다. 하지만 평범한 '시네필'의 영화 사랑을 망친 그에게 분노한다. 내가 신뢰하는 어느 영화 평론가는 이런 경험을 말한 적이 있다. 고레에다 히로카즈의 〈아무도 모른다〉 월드 프리미어에 참석한 그는 서양 기자들에게 '치여' 제대로 입장도 못하고 곤란한 처지에 있었는데, 관람권을 미리 확보한 '기득권 평론가'가 영화가 상영되자마자 코를 골며 잤다는 것이다. 극장 밖에는 입장하지 못한 사람들이 길게 줄을 서 있었는데…….
그는 이렇게 말했다. "(어떻게 고레에다 영화를 보면서 코를 골고 잔단 말인가. 그것도 다른 이들의 관람 기회를 박탈하면서) 솔직히 살의를 느꼈다." 내가 맷 데이먼에게 느끼는 감정이 그렇다.

위치성과 지성

아이 엠 낫 유어 니그로

"이 정도면 되지 않았나요?"라는 질문

거의 10년이 되어 가지만 머릿속 어딘가에 매복해 있다가 나를 공격하는 사진 한 장이 있다. 시간을 멈추게 하는 '컷'이다. 오바마 전 미국 대통령의 취임 초기, 하버드대학 교수와 지역 경찰과 대통령 3인이 모인 '맥주 회동' 사진이다(당시 부통령이었던 바이든까지 더하면 4인이 모였다).

2009년 7월, 미국의 저명한 흑인학 연구자인 하버드대학 헨리 루이스 게이츠(당시 58세) 교수가 이웃 주민의 신고("흑인 남자가 이웃집 문을 어깨로 밀면서 열려고 하고 있다.")로 자택에서 체포되었다. 게이츠의 말에 따르면 그때 그는 중국 출장에서 돌아왔는데 열쇠가 없어서 자기 집 문을 강제로 열고 들어갔을 뿐이고, 집에 들어간 뒤에 경찰이 찾아와 면허증과 하버드대 교수 신분증을 제시하고 거주자임을 밝혔는데도 체포당했다. 자기 집에서 도둑으로 체포당한 것이다.

오바마는 이 사건을 두고 경찰의 어리석은 행동을 비판하며 '인종차별'이라고 언급했고, 게이츠 교수를 체포한 '동네 경찰' 제임스 크롤리(당시 42세)는 지역 방송과 한 인터뷰에서 "(나라 전체를 다스려야 할) 대통령이 사실 관계를 잘 알지도 못하면서 동네일에 참견했다"라고 정면 비판했다.

인종차별을 지역 자치 이슈로 바꾼 교활한 백인 경찰 덕분에 오바마는 "동네일에나 참견하는" 대통령이 되었다. 당시 오바마는 공식적인 발언 내용보다 훨씬 크게 분노했다고 한다. 오바마는 '백인 경찰과 흑인 용의자'가 아니었다면 이런 일은 일어나지 않았을 것이라고 확신했다. 최초의 흑인 대통령 탄생 이후 미국 사회는 긴장했다. 영부인 미셸을 비롯한 백악관 참모들은 상황이 악화될 것을 우려해 오바마를 설득했다. 여론을 의식한 백악관은 세 사람이 정원에서 맥주 회동을 하기로 했다고 발표했다.

내가 권위적인 사람일까. 이 방식이 미국식 민주주의인지는 모르겠지만, 일단 한국에서는 가능하지 않은 일일 것 같다. 한국 사회에서 대학 교수가 자택 침입으로 경찰에게 체포당할 수 있을까? 혹은 세 사람의 지위로 봐서, 심지어 연령상으로도 그런 술자리가 청와대에서 가능할까. 세 사람이 '똑같은 자리 (sameness)에 앉는 것'이 평등인가? 이 모든 사태는, 오로지 스스로를 '동네 경찰'로 칭하면서 대통령도 비웃을 수 있는 백인 남성, 단 한 명의 권력으로 가능했다.

맥주 회동 사진은 전 세계에 보도되었다. 사진 속 세 사람의 표정은 무의식의 '바닥'을 드러낸 듯 적나라했다. 그들은 서로 눈을 맞추지 못하고 각자 다른 곳을 보고 있다. 백인 경찰만 다리를 쩍 벌리고 앉아 의기양양한 표정이고, 지구상 유일한 제국인 '미합중국(The United States of America)'의 대통령은 다른 곳을 바라보고 있다. 열 받은 상태를 감추는 것이었을까? 자기 집에 들어갔는데 강도로 오인받아 체포된 교수는 주눅 든 듯 얌전히 앉아 있다. 그의 작은 몸은 더 작아 보였다.

이 사진이 나의 무엇을 건드렸을까. 당시도 지금도 나는 분노한다. 인종차별과 성차별, 차별의 유사성 때문이 아니다. '아무것도 아닌 인간, 심지어 비열한 인간'이, 인종이나 젠더만 작동해준다면 언제든 무조건 이길 수 있다는 몰역사적 현실이 나를 압도했기 때문이다. 이미 많이 겪었지만 나도 당할 수 있다는 위협감, 공포감 그리고 아무도 나를 보호해주지 않는 현실을 잘 알고 있기에 늘 느끼는 외로움과 서러움……. 사실 인종이나 젠더 문제가 아니더라도, 단지 자신의 지위나 직업이 유리한 위치에 있다는 이유만으로 악행을 저지르는 이들이 판치는 시대다. 그들은 작은 특권이라도 120퍼센트 활용한다. 이 사진은 정의란 올바름이 아니라 여론과 문화 권력임을, '흑인 대통령 시대'의 미국 사회를, 영화 〈아이 엠 낫 유어 니그로(I Am Not Your Negro)〉(2016년)의 현재성을 집약한다.

2017년 아카데미 다큐멘터리 작품상 후보작이었던 〈아이 엠 낫 유어 니그로〉는 20세기 미국의 위대한 작가 제임스 볼드윈의 미완성 에세이 《리멤버 디스 하우스(Remember This House)》를 토대로 한 다큐멘터리 영화다. 이 작품에서 라울 펙 감독은 1960년대 미국 흑인민권운동을 이끈 마틴 루서 킹, 맬컴 엑스, 메드가 에버스에 대한 볼드윈의 회상을 바탕 삼아 미국 인종주의의 역사를 탐사한다. 영화배우 새뮤얼 잭슨의 내레이션으로 인종에 대한 차별과 혐오가 과거의 일이 아니라 지금 이 시대에도 지속되고 있음을 보여준다.

이 영화는 백인 방송 진행자의 질문으로 시작한다. "(많은 흑인들이 스포츠, 정치, 연예계를 비롯한 각계각층에 진출했는데) 왜 흑인들은 여전히 비관적입니까? 이렇게 좋아졌는데 희망이 없는 건가요?" 1968년 방송이니, 50년 전 이야기이다. 그의 말을 (내가) 번역하면 이렇다. "흑인(혹은 여성)이 얼마나 더 잘살아야 불만이 없겠습니까? 아직도 할 말이 많나요? 당신들 너무 욕심이 지나친 거 아닙니까?"

이런 식의 질문은 너무나 익숙하다. "지금도 매 맞는 아내가 있나요?"부터 "이 정도면 평등이 아니라 남성이 차별받고 있다!"까지. 문제는 '이 정도'를 누가 정하는가이다. 오바마, 게이츠, 크롤리는 동등한 발언권을 가질 수 없다. 이성애자가 동성애자에게 "동성애자의 인권 주장은 시기상조"라고 말할 수 없는 것과 같은 이치다. '동성애자'는 이렇게 질문해야 한다. "아, 그런가요? 그렇다면 적당한 시기를 말씀해주시죠."

〈흑과 백〉이 그런 영화였다니!

이 영화의 쾌락은 두 가지로 요약할 수 있다. 하나는 작품 자체가 주는 재미다. 예를 들어 젊은 시절 내가 열광했던 배우들이 영화의 주인공이 아니라 토론 참석자로 등장하는 장면이 나온다. 해리 벨라폰테, 말런 브랜도, 심지어 전미총기협회장 찰턴 헤스턴이 인종 문제를 두고 토론하는 장면은 놀라웠다. 모두 심각해 보인다. 배우의 아우라가 전혀 없는 그들의 평범하고 진지한 얼굴은 내게 '배우의 얼굴'에 대해 많은 생각을 하게 했다. 이 다큐에서 그들은 멋진 배우가 아니라 '멍청한 백인'일 뿐이었다.

어렸을 적 '할리우드 키드'였던 나는 시드니 포이티어와 토니 커티스가 주연한 '버디 무비' 〈흑과 백(The Defiant Ones)〉(1958

년)을 본 기억이 난다. 그때는 아무 생각 없이 봤는데, 〈아이 엠 낫 유어 니그로〉에서는 〈흑과 백〉이 흑백을 초월한 우정을 다룬 영화가 아니라 흑인이 얼마나 안심할 수 있는 존재인지 증명해주는 영화였다고 해석한다. 당시 흑인 관객들은, 백인을 위해 혹은 백인과 함께 행동하는 시드니 포이티어가 기차에서 뛰어내리는 장면을 보고 외쳤다고 한다. "(백인이 더 위험하니) 다시 타라고, 바보야!"

기본적으로 〈아이 엠 낫 유어 니그로〉는 '흑인 문제'가 아니라 유색 인종에 대한 증오와 원주민 학살로 이루어진 국가, 미국을 조명하는 텍스트다. 존 웨인이 주연한 '서부극'부터 거스 밴 샌트 감독의 〈엘리펀트(Elephant)〉(2003년)까지 레퍼런스로 등장한다. 영화 팬이라면 놓칠 수 없는 영화들이 계속 나온다. 흑인의 관점에서 영화로 읽는 미국사다.

또 다른 쾌락은, 영화를 보면서 미친 듯이 받아 적었지만 결국 제대로 다 받아 적을 수는 없던 영화의 대사 즉, 볼드윈의 에세이다. 그의 글은 명문, 미문, 외우고 싶은 시이자 무기로서 완벽한 언어다. 피억압 집단의 자원은 무엇인가. 백인과 흑인, 부자와 가난한 자, 남성과 여성…… 흑인, 가난한 자, 여성이 지배 집단보다 더 가진 것은 무엇인가. 뭐라도, 하나라도, 더 가진 것이 있어야 싸울 수 있다. 하지만 사회적 약자는 전통적인 의미의 자원이 없다. 돈, 무기, 미디어, 약자의 욕망까지도 권력자의 것이다. 그들은 지식인도 '가지고 있다'.

사회적 약자의 유일한 자원은 그들의 관점, 언어뿐이다. "흑인의 지위가 나아졌다" "사회는 약자를 배려한다" "흑인들은 문제가 있다"는 거짓말에 무엇으로 응수하겠는가. 억울한 죽음을, 일상의 혐오를 무엇으로 견디겠는가. 〈아이 엠 낫 유어 니그로〉는 흑인이 자신을 설명할 수 있는 언어가 어떻게 만들어지는지 보여준다.

입장성, 위치성, 당파성

'객관적' 의미에서 사회적 약자는 존재하지 않는다. 약자는 맥락에 따라 그 범주가 달라지기도 하지만 근본적으로는 사회가 필요로 하는 존재다. 누군가의 필요에 의해서 존재해야만 하는 집단이지, "어쩔 수 없이 발생하는", "늘 있기 마련"인 그런 사람들이 아니다. 그들이 사회의 밑바닥에 있어야만 사회가 움직인다는 뜻이다. 미국의 이미지 중 하나는 흑백 갈등이지만 실제 미국의 흑인 인구는 12퍼센트 내외다. 인구에 비하면 상당한 '영향력'이다. 그만큼 흑인운동이 활발하다는 얘기다. 사회적 약자를 판단하는 기준은 인구의 많고 적음이 아니라 사회운동으로 인한 가시화 여부이기 때문이다.

미국 흑인의 현실을 유려한 언어로 서술한 작가 타네히시 코

츠는 《세상과 나 사이》(2015년)에서 맬컴 엑스의 말을 인용한다. "당신이 흑인이라면, 감옥에서 태어난 거나 마찬가지입니다." 이 말은 흑인이 감옥에 가기 쉽다는 얘기가 아니라, 흑인의 몸은 흑인의 것이 아니라는 뜻이다. 미국 전체 인구에서 흑인 남성이 차지하는 비율은 6퍼센트 정도지만, 미국 전체 교도소 수감자들 중 흑인 남성의 비율은 40퍼센트에 달한다. 미국에서 흑인 남성의 인생은 17살에 결정된다. 마약을 하거나 교도소에 가거나 총에 맞아 죽거나 학교에 가거나. 타네히시는 말한다. "아들아, 너는 항상 맞바람이 얼굴을 때리고 바로 뒤에는 사냥개들이 쫓아오는 레이스에 던져졌어." 미국 사회에서 흑인의 삶은 사냥개가 쫓아오는 처지의 연속이다.

이제 극영화는 픽션이고, 다큐멘터리는 논픽션이라고 생각하는 이들은 없을 것이다. 모든 영화에 제작자의 입장이 담겨 있다. 영화는 우리가 사는 세상의 담론의 일부이자 효과다. 말할 것도 없이 다큐멘터리에서 중요한 것은 '현실'이 아니라 현실을 보는 시선, 곧 입장성(standpoint), 위치성(position), 당파성(partiality)이다. 이것은 보편, 중립, 객관을 넘어서는 다른 세계다. 〈아이 엠 낫 유어 니그로〉는 자기 위치를 역사 속에서 자각한 당사자의 당파성에서 나온 작품이다. 이 영화를 보면서 관객이 느끼는 쾌감('미학적 성취')은 이러한 깨달음 때문이다.

당파성은 상황적 지식이다. 그렇기 때문에 이 영화는 백인을 포함해 앎의 의지를 지닌 모든 이들에게 매우 설득력이 있다. 볼드윈은 진실을 주장하는 것이 아니라 진실이나 보편성이 어떻게 구성되는지 보여준다. 우리가 알고 있는 흑인(사회적 약자)에 대한 통념은 거의 대부분 실제가 아니다. 그것을 알고 있는 당사자도 있고, 그렇지 않은 당사자도 있다. 그래서 투명한, 인지 가능한 '당사자'와 사회적 실천으로서 '당사자성'은 다른 개념이다. 지배 세력이 두려워하는 것은 당연히 당사자성이다.

'너와 나'의 인식론,
〈아임 유어 맨〉과 〈아이 엠 낫 유어 니그로〉

인생에서 가장 어려운 일은 자신을 알고, 내가 상대하는 이들을 아는 일이다. 이 두 문제는 서로 겹쳐 있다. '나'는 타인과 사회와 맺는 관계를 통해 구성되기 때문이다. 레너드 코언의 명곡 〈아임 유어 맨(I'm Your Man)〉의 가사를 보자. "나는 당신과 한 약속을 지키기 위해 이렇게 살아왔어요. …… 당신을 향해 기어가 당신 발밑에 엎드리겠어요. 난 당신의 아름다움 앞에 헐떡이는 한 마리 개. …… 만일 당신이 혼자이길 원한다면 난 사라져주겠어요." 한마디로 당신을 위해서라면 뭐든지 하겠다, 나는 당신의 사람이라는 사랑 이야기다.

여기서 나는 주체(subject)이고 너는 대상(object)이다. 근대에 등장한 '낭만적 사랑'은 외부에는 배타적이면서, 두 사람은 하나가 되는 상태를 뜻한다. 주체는 기꺼이 대상의 소유물(합일)이 되기를 갈망한다. 이때 대상은 대상일 뿐 대상'화'되지 않는다. 자기중심적 언설이지만 상대를 손상하지 않는다. 윤리적, 정치적 문제가 발생하지 않는다는 얘기다. 이때 '나'와 '너'는 '진정한 사랑'을 통해 서로 성장하는 상호 주체(inter-subjectivity)일 뿐이다(물론 남녀가 불평등한 이성애 제도에서는 '미션 임파서블'이지만 이론상으로 그렇다).

'아이 엠 낫 유어 니그로'라는 제목은 맞는 주장이지만 코언의 노래와 달리 불편한 언설이다. 다소 자기 비하의 느낌도 있다. 한국의 매체들은 이 문장을 "나는 당신들의 검둥이가 아니다. 나는 인간이다"로 소개했는데(물론 이 대사가 나오기는 한다), 이 작품의 의미를 최악으로 전달했다고 생각한다. 코언의 노래와 이 작품에 공통적으로 들어간 2인칭 소유격 대명사 'your'는 의미심장하다. '아이 엠 낫 유어 니그로'에서 'your'는 나(흑인)는 당신(백인)이라는 주체(one)가 규정한 타자(the others)가 아니라는 뜻이다. 흑인은 흑인이지 백인과의 관계에 의해 정의될 수 없다는 주장이다. 그러므로 "나는 무엇이 아니다"가 아니라 "나는 흑인일 뿐이다"라고 말해야 한다. 우리에게 필요한 것은 백인 사회의 신문(訊問)에 대한 대답이 아니라, 누가 인간이고 그것은 누가 결정하는가를 되묻는 일이다.

인간(백인, 남성, 이성애자, 비장애인……)의 기준을 바꾸지 않은 상태에서 "나도 인간이다"라는 주장은 설득력을 갖기 어렵다. 누가 그 사회의 성원권을 갖춘 인간인가. 기준은 사회마다 다르고, 매일매일 다르다. "태아는 인간이다/아니다" "짐승도 그런 짓은 안 할 것" "어떻게 인간이 그럴 수가 있냐"…… 이처럼 인간의 개념은 보편적이지 않을뿐더러, 더 중요한 문제는 인간의 범주를 누가 정하는가라는 정치적 질문이다. 그것은 투쟁으로 정해지는 대단히 유동적인 개념이다. 인간과 인권의 개념은 선재하거나 당위적인 것이 아니라 맥락적이다. 상황에 따라 달라지는 사유를 요구하는 개념이다. '인권'은 만사형통의 언어가 아니라 그 반대다. 상황이 발생한 맥락을 논의하지 않고서는 아무것도 설명할 수 없다.

"백인도 인간, 흑인도 인간"은 규범이지 현실이 아니다. 〈아이 엠 낫 유어 니그로〉는 흑인의 인간 선언이 아니다. 흑인의 삶을 문제화('차별 고발')하는 텍스트가 아니라 백인의 시각을 근본적으로 질문하는 텍스트로 읽혀야 한다.

'하얀 피부'의 스펙트럼과 타자화의 연속선

하얀 피부든, 검은 피부든 모두 신화다. 흑백은 없다. 그 사이에는 여러 색깔이 길고 긴 스펙트럼을 이룬다. 오랜 세월 반복된 '이족' 간의 결혼, 노예 시대 흑인 여성에 대한 백인 남성의 성폭행과 그로 인한 출산…… 수많은 이유로 인종이라는 범주 자체가 임의적이다. 이제 세상은 키아누 리브스는 8분의 1이 아시아계이고, 타이거 우즈는 4분의 1이 흑인이라는 식으로 말한다. 흑인, 황인, 백인이 각각 피의 성분이 다르고 한 사람의 피를 인종별로 수량화할 수 있단 말인가? 피부색은 격세 유전되기도 하고 '명도와 채도로 나눌 수 있는' 뚜렷한 색이 아니다. 피부색에 따른 인종 구분은 인종주의 정체성 정치의 산물일 뿐이다.

〈아이 엠 낫 유어 니그로〉에서는 존 M. 스탈 감독의 〈슬픔은 그대 가슴에(Imitation Of Life)〉(1934년)가 사례 영화로 나온다. 비오는 날 '흑인' 엄마가 '백인' 딸을 위해 학교로 우산을 들고 오지만 딸은 자신의 혈통이 발각(?)되게 한 엄마를 미워하며 뛰쳐나간다. 앤서니 홉킨스와 니콜 키드먼이 주연한 영화 〈휴먼 스테인(The Human Stain)〉(2003년)에서도 비슷한 상황이 등장한다. 영화에서 콜먼 실크(앤서니 홉킨스)는 흑인 조상을 둔 백인으로 나온다. 제목인 '휴먼 스테인'에서 영어 stain은 '얼룩, 오점'이란 뜻이다. 대학에서 고전 문학을 가르치는 실크는 강의 중에 한 발언 때문에 인종차별주의자라는 오명을 쓰게 된다. 그는 자신이 흑인 혈통이라는 사실을 알리면 최악의 상황을 벗어날 수 있는데도 끝까지 함구하다가 강단을 떠나는 쪽을 택한다. 항상 흑인 조상을 둔 것이 알려질까 봐 두려워하며 살던 실크에게 흑인의 피는 숨기고 싶은 오점, 지워버리고 싶은 얼룩이었다. 검은색은 인간의 '때, 더러움(stain)'이라는 것이다. 우리가 일상에서 사용하는 '스테인리스 스틸'에서 바로 그 '스테인'이다.

나는 〈아이 엠 낫 유어 니그로〉를 '잘못 읽는' 두 가지 방식이 있다고 생각한다. 첫째는 이 영화가 미국만이 아니라 차별에 대한 보편적인 이야기라고 보는 방식이고, 둘째는 성차별과 인종차별의 '밀접한 관계'를 강조하는 것이다. 결론부터 말하면 이 영화는 미국 사회를 조명하는 매우 특수한 텍스트이며, 인종과 젠더는 다른 방식으로 작동하기 때문에 그 '밀접한 관계'가 무엇인가는 사회 정치적 상황, 문화 권력에 따라 달라진다.

많은 나라들이 근대 정상 국가로서 혹은 초강대국으로서 미국을 선망하지만 사실 미국만큼 '비정상적인' 국가도 없다. '적'은 내 옆에, 내부에, 일상 속에 존재하지만 근대 국가에서 국내 통치용으로 국가 안보 이데올로기가 작동하려면, 외국(외적)의 존재를 전제해야 한다. 그래서 국제(inter-national)라는 가상의 세계가 필수적이고, 국가라는 개별 단위가 발명되었다. 독립과 분리를 반복하는 국가는 유엔 기준 195개국, 사실상 주권 국가는 200개국이 넘는다고 가정된다. 인구가 20만 명인 국가도 있고 17억 명인 국가도 있다. 캘리포니아주는 남한 면적의 네 배 이상이다. 말할 것도 없이 200개국이 같은 나라라고 할 수 없다.

기본적으로 미국, 중국, 인도는 '하나의 우주'로서 내부의 다양한 민족 간의 차이가 외부와의 차이보다 큰 경우가 많다. 이세 나라의 언어, 인종, 지역, 종교의 다름은 우리의 상상을 초월한다. 미국이 인종의 용광로(melting pot)라는 거짓말은 〈아이엠 낫 유어 니그로〉를 '올바른 영화' 이상으로 이해하는 데 도움이 된다. 문화 자체의 성격이 하이브리드(혼종성)인 것은 말할 것도 없다. 그런데 어떻게 다양한 인종 정체성이 '녹아서' 하나가 될 수 있단 말인가. 피부색이 어떻게 '녹여질' 수 있겠는가. 권력이 이미 피부색이라는 차이를 만들어낼 때, 피부색은 각각 동등한 가치(평등)를 지닐 수 없다. 관용이나 다양성으로 위장될 뿐이다.

'용광로 미국'은 거짓이다. 섞이지 않고 모든 인종이 적대하고 경합한다. 그래서 서로가 서로를 타자화하고 증오한다. 미국은 이이제이(以夷制夷)로, 국민의 분열로 유지되는 국가다. 백인은 아시아인과 흑인을 모두 차별하지만, 아시아인은 흑인을 차별하고 흑인은 아시아인을 차별함으로써 삶을 견딘다.

인종차별 사회, '흑백'은 흑인과 백인의 대립이 아니다. 인종은 흰색을 기준 삼아 화이트닝(whitening)의 정도에 따라 인간을 줄 세우는 폭력적인 제도이다. 흑백은 '흑 대 백'이 아니라

'white vs. colored'의 구조다. 백인과 유색 인종이라는 구도에
서는, 백인은 하나의 색이 아닌 전체의 기준이 된다. 흰색 피부
와 가까울수록 '인간'에 가까워진다. 용광로가 아니라 흰색을
중심으로 삼아 차별의 서열로 유지되는 국가, 이것이 미국이다.
한흑(韓黑) 갈등, 아이티 출신 흑인과 아프리카계 미국인의 갈
등이 백인의 제국을 지탱한다.

타자끼리의 연대는 어느 사회나 쉽지 않다. 대개 그들은 고통
을 경쟁한다. 누가 더 중심과 가까운가, 누가 더 주류와 가까운
가, 누가 더 백인 사회의 인정을 받는가에 따라 타자의 지위가
결정되는 사회인 것이다. 기준은 백인이되 모두가 백인이 될 수
는 없는 구조. 이것이 하루가 멀다 하고 발생하는 총기 난사로
상징되는 독특한 미국 문제의 핵심이다.

스파이크 리, 젠더와 인종

2019년 칸영화제에서 스파이크 리 감독은 영화 〈블랙클랜스
맨(BlacKkKlansman)〉(2018년)으로 심사위원대상을 받았다. 그
가 돌아왔다. 나는 '페미니스트' 정체성을 갖기 시작한 후에도
여전히 그를 좋아했다. 그전에는 그에게 열광했다면, 페미니즘
을 만난 이후에는 그를 존경하게 되었다. 널리 알려져 있듯이
그는 남성 우월주의자이자 흑인 분리주의자다. 초기 그의 영화

에는 아예 백인 배우가 등장하지 않았다. 《컬러 퍼플》(1982년)의 저자 앨리스 워커를 위시한 흑인 페미니스트에 대한 원색적인 비난과 오랜 불화는 유명하다. 이것은 어쩔 수 없는 문제다. 흑인 사회 내부에도 다양한 차이가 있기 때문이다. 호모포비아, 성차별, 빈부 격차, 극우 보수…… 모두 있다.

내가 스파이크 리를 좋아하는 이유는 예술가로서 그의 치열함 때문이다. 사회 정의와 연대를 추구하는 페미니즘은 남성 우월주의자인 스파이크 리를 어떻게 보아야 할 것인가. 나는 '한국 여성'과 '미국 흑인(남성)'이 비슷한 처지라서 서로를 이해할 수 있다고 생각하지 않는다. 억압받는 대상이 다르기 때문이다. 아니, 거의 무관하다고 할 수 있다. 〈아이 엠 낫 유어 니그로〉의 제임스 볼드윈은 게이로 알려져 있어서 '그런지 몰라도', 이 영화는 여성의 시선이 없을 뿐 노골적인 여성 혐오가 없다. 영화에 등장하는 로자 파크스는 여성이라기보다 흑인이다(로자 파크스는 백인에게 자리를 양보하라는 버스 운전기사의 말을 무시해 경찰에 체포되었고, 이는 흑인운동의 도화선이 되었다).

흑인은 백인과 동등하지 않기 때문에 같은 좌석에 앉을 수 없지만, 한국의 젊은 여성은 한국 남성의 옆 좌석에 앉을 수 있다. 환영받는다. 그 대신 성추행당할 위험이 높다. 한국 사회의 '미투 국면'에서 우리는 버스 안에서 행해지는 여성에 대한 다양한 폭력(몸 만지기, 남성의 자위와 사정, 몰카……)을 알게 되었다. 이제야 드러난 것이다. 현실은 젠더, 인종, 계급의 상호 작용 없이 설명되지 않지만, 요지는 맥락이지 이중 억압, 삼중 억압 식의 법칙이 아니다.

흑인(남성)은 백인(남성)과의 관계에서 억압받는다. 인간의 기준이 남성이라면, 남성의 기준은 백인이다. 흑인 여성은 백인 남성, 흑인 남성, 백인 여성에게 억압받는다. 흑인 여성들의 처지도 개인마다 다르다. 이를 간단하게 '교차성'이라고 설명하기보다는 각 상황에 맞는, 이전에 없던 언어가 필요하다. 덴절 워싱턴의 말대로 덩치가 큰 흑인 남성(워싱턴 자신)은 아직도 LA에서 택시를 잡지 못한다. 백인 사회에서는 흑인 남성이 흑인 여성보다 더 위협적으로 인식되기 때문이다.

또한 미국 사회라고 해서 모든 유색 인종 여성이 차별받지도 않는다. 이국적 정서와 그들이 원하는 외모를 갖추었다면 타자성은 자원이 된다. 핼리 베리, 루시 리우, 제니퍼 로페즈는 그들의 정치의식이나 자율성과 무관하게 백인 남성에게 ('전통적인' 백인 여성과 다르다는 이유로) 매력적인 여성을 대표하는 스타들이다.

남성 흑인운동가와 한국의 여성주의자

하지만 흑인운동가 제임스 볼드윈과 한국 여성주의자의 공통점은 분명히 있다. 영화 속 볼드윈의 말대로 "당신(백인)은 나(흑인, 여성을 비롯한 피억압자)를 보지 않아도 됐지만, 난 당신을 봐야 했다. 당신이 나를 아는 것보다 내가 더 당신을 잘 안다." 인종 모순과 젠더 모순의 공통점은 지배자의 무지다. 지배자들은 세계와 인간에 대해 무지하다. 이유는 간단하다. 몰라도 되는 것이다. 몰라도 불편함이 없다. 오히려 알게 되면 자기 분열과 긴 성찰의 시간으로 인생이 뒤죽박죽될지 모른다. 하지만 억압받는 이들은 자신과 상대방, 세계를 알지 못하면 생존할 수 없다. 아는 자와 모르는 자가 어떻게 대화가 가능하겠는가. 이것은 내가 한국 사회에서 살아가면서 겪는 가장 큰 고통이기도 하다.

또 한 가지 개인적으로 사무치게 공감한 부분이 있었다. 영화 초반에 제임스 볼드윈의 "이제 쉰다섯 살이 된다"라고 말하는 장면이다. 내레이터 새뮤얼 잭슨의 목소리는 지쳐 있었다. 나는 볼드윈처럼 살지도 않았지만, 나 역시 지쳤다. 어느 시대나 저항의 지도자는 적이 아니라 내부 분열이나 열렬한 지지자에 의해 사망하는 경우가 많다. 당연한 일이다. 흑인도, 여성도, 그 어떤 정체성의 내부도 균질적이지 않기 때문이다. 모든 저항은 일시적인 내부의 통일 전선일 뿐이다. 흑인도, 여성도 내부에 같은 인간은 없다.

내겐 〈아이 엠 낫 유어 니그로〉의 감독이 〈청년 마르크스(The Young Karl Marx)〉(2017년)를 만들었다는 사실이 이상하다. 그것도 비슷한 시기에 말이다. 이는 리들리 스콧이 '마초 영화'의 거장이기도 하지만 〈텔마와 루이스〉 같은 영화도 만들었다는 얘기와는 다른 문제다. 나는 마르크스주의에 부분적으로 동의하지만 인간 마르크스는 (매우) 싫어한다. 마르크스의 오리엔탈리즘, 백인 우월주의, 남성 우월주의……. 라울 펙 감독은 어떻게 제임스 볼드윈과 마르크스에게 재현 대상으로서 '같은' 애정을 품을 수 있었을까.

2장
—

통증의 위치

우울과 중력

그래비티

배가 똑바로 나아가려면 바닥짐을 실어야 하듯, 우리에겐 늘 어느 정도의 근심이나 슬픔, 결핍이 필요하다. – 아르투어 쇼펜하우어

SF의 변곡점

SF(Science Fiction) 영화를 '공상 과학 영화'로 번역하던 시절이 있었다. 지금은 그냥 '에스에프'로 칭하는 것 같다. '공상 과학'의 어감은 과학이 첨예한 정치경제학의 산물임을 은폐한다. 마치 '괴짜의 상상력'처럼 현실과 동떨어진 느낌을 준다. 상상력은 무에서 유를 창조하는 것이 아니다. 인식자의 위치가 달라짐에 따라 어떤 대상 혹은 세계가 다르게 보이는 경험이 주는 자원, 이것이 상상력이다.

수많은 SF 영화가 있지만 나는 우주(외계인)와 지구를 대립적으로 다루는 영화가 불편하다. 솔직히 말하면 분개한다. 최근에는 다소 변화가 있지만 대개의 SF 영화는 할리우드에서 만들어지고 주인공은 미국인이다. 미국인은 외계인과 친하든, 그들을 연구하든, 그들과 전쟁을 치르든 다양한 방식으로 지구를 대표한다. 외계인과 싸우는 지구의 대표가 '파키스탄인'이거나 '에콰도르인'인 영화가 있던가. 이제 아류 제국주의를 꿈꾸는 한국에도 SF 영화가 만들어지고 있다(〈외계+인〉).

실제로 미국은 지구를 '지킨다(지배한다)'. 스스로 세계의 경찰이라 자칭하면서 대외적 군사 개입을 '경찰 활동(police action)'이라 하며 '국내 치안'으로 생각한다(한국전쟁 참전도 공식적으로 '경찰 활동'이었다). 전 세계가 미국 땅이라는 발상이다. 자기만 '지구의 1등 시민', '제1의 성'이라는 것이다. 실제로 미국은 9·11테러 이전까지 자국 방위를 위한 국방부가 없었다. 미국 국방부(Department of Defense)는 우리나라처럼 자국 방위를 위한 부처가 아니다. 전 지구를 대상으로 치안 업무를 보는 곳이다. 9·11테러는 미국 역사상 최초로 자국 본토를 침략당한(?) 사건이었다. 이후 미국은 다른 나라의 '진짜' 국방부에 해당하는 국토안보부(Department of Homeland Security)를 신설했다.

SF 영화 역사의 한 챕터에 등장할 만한 영화를 꼽으라면 나는 두 영화를 들겠다. 닐 블롬캠프 감독의 〈디스트릭트 9(District

9)〉(2009년)과 알폰소 쿠아론 감독의 〈그래비티(Gravity)〉(2013년). 전자는 영화 자체의 완성도도 뛰어나지만, 외계인과 지구인 간의 섹스나 감염 문제를 다룰 때 실험 대상은 백인 남성이 아니라 유색 인종이거나 여성임을 날카롭게 지적한다. 외계인이 나오지 않는 〈그래비티〉는 우주 공간에서 실종된 미국 우주인을 그린다. 이 영화는 우주 쓰레기 문제도 심각하게 다루고 있는 데다 우주 영화에 거의 등장하지 않는 아시아 국가가 (비록 중국이지만) 나온다는 점에서도 인상적이다.

특히 〈그래비티〉는 물리학과 실존주의를 융합하고 두 세계를 모두 넘어서 제3의 지식을 만든다. 우울증에 관한 설명이 그것이다.

우울증이라는 병

내가 본 알폰소 쿠아론 감독의 첫 영화는 〈이투마마(Y tu mamá también)〉(2001년)였다. 황홀했다. 나는 한동안 〈이투마마〉의 두 주인공 디에고 루나와 가엘 가르시아 베르날에게서 헤어 나오지 못했으나 친구들과 신나게 영화 감상을 나누지는 못했다('미남' 배우에 대한 자기 검열이 있었다). 이후 두 배우는 엄청나게 성장했다. 알폰소 쿠아론의 필모그래피는 말할 것도 없다. 제작자로 참여한 〈비우티풀〉이나 〈판의 미로〉 모두 굉장한 세계를 보여주었다. 그가 감독한 〈칠드런 오브 맨〉, 〈사랑해, 파리〉, 〈해리포터와 아즈카반의 죄수〉에 대한 내 의견은 사족이리라.

알폰소 쿠아론의 〈그래비티〉는 아카데미 감독상을 비롯해 수많은 상을 탔다. 그의 작품 세계가 어떻게 진화할지 모르지만, 이 영화는 그의 대표작으로 남을 가능성이 크다. 〈그래비티〉는 '내 인생 치유 영화'다. 내 오랜 지병이 해석되고 다스려지는 경험을 했기 때문이다. 하지만 두 번 볼 용기는 없다. 치유 과정의 고통을 두 번 겪고 싶지는 않다. 직면하기 어려운 영화다. 이 영화를 '호러'로 분류하면 미친 짓인가? 나는 무서웠다.

〈그래비티〉에서 라이언 스톤(샌드라 불럭)은 아이를 잃은 여성이다. 사랑하는 딸이 죽었다. 어찌 우울하지 않겠는가. 어찌 비통하지 않겠는가. 삶에 무슨 의미가 있겠는가. 이 애도의 시간은 지극히 정상이다. 이 시간을 '제대로' 보내지 못한다면, 의학의 도움이 필요한 질병으로 진전될 수 있다. (언뜻 해피엔드로 보이지만) 이 영화에서 그의 상황이 어떠한지는 정확히 알 수 없다. 다만 지구에서는 땅을 디딜 수 없던 그가 땅을 밟을 필요가 없는 우주를 경험함으로써, 다른 세상을 상상하고 여행하게 된 것만은 틀림없다.

모든 질병이 그렇지만 우울증은 묘사하기 매우 어려운 병이다. 너무 복잡하고 이해하기 힘든 질병이다. 추상적으로 표현한다면, 근대에 이르러 인간이 자연을 마구 파괴하다 보니 이제 자연이 인간을 공격하기 시작한 게 아닐까(물론 우울증은 고대부터 있었다).

대개의 질병은 원인이 다양하지만 증상은 비슷하다. 그래서 증상을 통해 병명을 진단할 수 있다. 우울증은 그렇지 않다. 증상 자체가 다양하다. 극단적으로 반대 현상을 보이기도 한다. 의사도, 환자도 진단이 어렵다. 불면으로 고통받는 이들이 있는가 하면, 과다 수면으로 욕창이 생기는 사람도 있다. 폭식증이 있는가 하면, 음식을 먹지 못하는 이들도 있다. 병을 인지하기 어렵기 때문에 초기에 치료 시기를 놓치는 경우가 많다.

살아 있을 때 몸은 의지로 움직인다. 죽음이란 몸에서 의식이 빠져나간 이후를 말한다. '몸'만 남는 것이다(영어 body의 대표적인 뜻은 '시체'이다). 경험자들의 이야기를 들어보면 우울증은 의지-의식-의욕, 이 세 가지 상실이 혼재된 상태다. 한마디로 무기력의 연속이다. 그래서 온종일 침대에 누워서 아무것도 할 수 없는 상태가 몇 년간 지속되어 근육 쇠약으로 사망하는 이도 있고, 우울한 상태에서 자신과 극한 투쟁을 벌이며 생활을 이어 나가는 이도 있다. 우울을 잊기 위해 미친 듯이 일이나 공부, 글쓰기에 몰두하여 생산력이 높은 '고기능 우울증 환자'도 있다(어니스트 헤밍웨이, 버지니아 울프……). 물론 마지막 경우도 오래가지는 못한다. 대개 60세를 전후하여 자살하는 경우가 많다. 더는 그럴 기운이 없기 때문이다. 기분의 등락을 거듭하다 소진하는 질병이다.

지구에 생명이 존재할 수 있는 이유는 모든 물체 사이에 작용하는, 서로 끌어당기는 힘 때문이다. 이 힘은 어디에나 있다. 그래서 만유인력(universal gravitation)이라고 부른다. 그래비티 (gravity), 중력(重力)은 말 그대로 무거운 힘이다. 물체의 무게는 이 힘을 가리킨다. 만유인력과 지구 자전에 의한 원심력이 더해져 우리가 지표면에 의지해 살 수 있다.

우울증 환자의 호소. "지구가 나를 붙잡지 않아요." 지구의 의지, 중력의 법칙에서 버려진 이들이 우울증 환자다. 우울증의 고통에 비하면 '우울(憂鬱)'이라는 표현은 우아하다. 우울증 환자의 삶은 스펙터클하고 격렬하다. 격렬한 고통이다.

현실의 중력이 너무 강하면 세상살이가 고달프다. 지표에 끌려 다니며 먹고사느라 세속을 헤매게 된다. 우울증 환자는 이와 반대로, 몸에 중력이 작용하지 않아 떠 있는 상태다. 무중력 상태의 삶을 오래 견딜 수 있는 인간은 많지 않다. 우울증은 살기 싫은 병이기 때문에 몸과 땅이 붙지 않고 서로 싸운다. 누가 이기겠는가. 세상에서 '가장' 외로운 병, '가장' 이해받기 힘든 병. 자살은 이 증상으로 인한 질병사일 뿐이다.

마흔에 중증 우울증 진단을 받고 삶을 지속하고 있는 내 친구는 말한다. "난 그때 죽었는데, 왜 살아 있는 거야? 그때 죽었는데, 내 시체가 발견되지 않은 듯한 느낌 알아? 매일 내 장례식에 다녀오는 기분 알아?"

우울증 환자는 24시간 아픈 것은 아니지만, 불행한 감정 상태에 '몰빵'되어 다른 인생은 상상하기 힘들다. 우울증에 걸린 그 순간 이후의 삶은 잉여, 살아 있으되 죽어 있는 시간, 비참하고 무의미한 고통의 시간이다.

인생이라는 배가 돌아다니기 위해서는 정박할 곳이 있어야 한다. 정박하지 못하는 배는 정처 없이 떠다니다가 세상의 모든 물질─부유하는 먼지조차─과 충돌하고 상처받는다. 배는 서서히 부서지고 부식된다. 살려는 의지와 죽음의 욕망('충동'이 아니라 죽을 만큼 아픈 것이다) 사이에서 지속되는 투병 생활은 매 순간 '선택'의 압력에 시달리는 상태다. 이때 선택은 자유 의지로 하는 선택이 아니다. 기분이 날뛰며(업 앤드 다운의 반복) 기진맥진한 기분 장애(mood disorder)의 상태에서 "to be or not to be"를 고민하다가 시간을 보내는 것. 이것이 선택이다.

내가 아는 우울증 환자는 이 병으로 인해 평생 노력해서 얻은 '좋은 직장'을 잃었다. '성취'가 끝나자마자 질병이 찾아온 것이다. 그의 인생은 행복한 기억이 없다. 가장 괴로운 시간은 아침이다. 선택해야 하기 때문이다. 집을 떠날지, 한국을 떠날지, 지구를 떠날지. 지구를 떠난다면 갈 곳은 단 한 곳, 우주다.

그는 매번 '선택'에 대해 조언을 구하지만, "조언해 달라"는 그의 요청에 한없이 응할 사람은 없다. 그가 원하는 대답은 정해져 있다. "네가 하고 싶은 대로 해."

어떤 의사는 자기 환자에게 이렇게 말했다. "죽으세요. 나도 당신이 그토록 원하는 죽음을 바랍니다. 단, 내일 죽으세요. 내일 이후에는 또 그 내일……." 견디고 버티라는 의미다.

중력이 없어서 생존 가능한 공간, 우주

우주는 무중력 상태이므로 지구와 달리 우울증 환자가 살 수 있는 공간이다. 우주가 배경인 〈그래비티〉에서 우울증 환자는 지구에서와는 다른 경험을 할 수 있다. 무중력이지만 첨단 장비가 그와 우주를 연결해주니 발버둥 치지 않아도 생존 가능하다. 지구에서 이 연결은 사람과 사랑이지만 구하기 쉽지 않은 끈이다.

우주의 무중력은 지구의 중력을 다시 생각하게 한다. 이 영화의 아이디어는 여기서 출발한다. 흔히 말하는 우울은 두 가지로 구분해야 하는데, 나누지 않아서 문제다. 인간은 누구나 슬프고 기쁘고 우울하고 들뜬다. 다양한 기분 상태로 산다. 그리고 누구나 우울한 '기분'이 들 때가 있다. 약간 우울한 사회, 고뇌하는 사회가 좋은 사회다. 반사회적 인간의 조증(躁症)이 판치는 상태가 가장 위험하다.

글의 서두에 인용한 대로 안정된 삶은 어느 정도 '마음의 짐'을 진 채 사는 것이다. 우울, 걱정, 슬픔은 인간을 성숙하게 하고 타인과 조화로운 삶을 사는 데 필수적이다. 이런 우울한 상태는 인간의 조건이다.

하지만 질병으로서 우울증은 이와 크게 다르다. 정신 질환과 신체적 질병을 구분하는 것은 불가능한데, 사회는 유독 '정신병자'와 '암 환자'를 다르게 생각한다. 둘 다 '고통받는 몸(body in pain)'인데도 말이다. 정신 질환의 경우 가볍게 취급되거나("우울증은 마음의 감기") 반대로 통제 불가능한 공포의 대상("정신병자가 탈출했다!")이라는 식의 극단적 인식이 오간다.

우리가 우울할 때 혹은 우울증을 앓는 환자(정말 죽을 만큼 아프다는 의미에서 '환자'다)에게 가장 도움이 되는 방법은 모두 몸을 움직이는 것이다. 집에서, 침대에서 벗어나야 한다. 그 일이 죽을 만큼 힘들지만 이동과 운동만큼 효과적인 것은 없다. 우울증에 대해서는 전문가들도 견해가 다른데, 움직임에 대해서는 이견이 없다. 우주, 가장 먼 이동이다. '우울과 중력'이라는 주제에 대해 알폰소 쿠아론의 〈그래비티〉만 한 통찰은 당분간 나오기 힘들 것 같다.

이 영화를 어떻게 조지 클루니를 빼놓고 말할 수 있을까. 그가 주연한 〈시리아나〉, 〈마이클 클레이튼〉, 〈인 디 에어〉를 보길 권한다. 특히 〈시리아나〉를 강력히 추천한다. 이 영화들에서 그는 반미주의자 혹은 공산주의자이며, 인생의 바닥을 수십 번 치고도 자기를 사랑할 줄 아는 매력적인 루저이며, 패배를 반복하고도 변화할 줄 아는 인간을 연기한다.

사랑과 사랑한다는 주장

밀리언 달러 베이비

삶은 인간관계다. 그것이 전부다. '인간(人間)'은, 관계 속에서만 가능한 존재라는 사실을 강조한 단어다. 죽음과 더불어 인생에서 이것만이 진실이다. 이를 잊을 때 우리는 크고 작은 실수를 한다. 관계(성)를 독자성, 자유, 자율, 의존 같은 개념과 혼동한다. 의존도 독립도 관계다. 반대항으로 보이는 이런 단어들 자체가 관계성의 반증이다. 삶에서 관계성과 대립하는 개념은 없다. 최근 중년 남성들의 로망인 은둔자 '자연인' 되기나 '관종'도 '집콕'도 관계적 삶이다.

인간관계 중에서 우리가 가장 고민하는 주제는 넓은 의미의 '사랑'이다. 이 글에서 배타적 로맨스 관계는 논외다. 로맨스는 제도이지만 가장 복잡한 담론이다. 후유증도 커서 심장이 뭉개지게 아프다. 나는 '사랑한다'의 반대는 '사랑했다'라고 생각한다. 사랑받는(하는) 시간과 그렇지 않는 시간이 우리의 생사를 정한다.

　사랑은 인정, 존중, 호감, 친밀감과 안전감 같은 인간 행동의 긍정적인 부분이자 자원이다. 저절로 되는 일이 아닌 투쟁과 노력의 영역이다. 그만큼 어렵다. 누구나 자신이 원하는 형태의 사랑이 있는데, 이 다종 다기한 사랑을 지시할 만한 적절한 단어가 없다. 사랑만큼 인구수대로 의미가 다른 개념도 없을 것이다. 그래서 사람들은 진정한 사랑의 의미를 두고 싸운다. 하지만 모든 논쟁에서 '진정한'이 개입하면 소통은 더욱 어려워진다.

　한편 사랑의 정의가 다르다는 사실보다 더 복잡한 문제는 논의의 범주가 넓다는 점이다(애국, 모성, 이성애, 예술 애호, 신앙……). 사랑은 내용, 대상, 인식(감정), 심지어 섹스 여부에 따라 개념이 달라진다. 그래서 사랑에 대해 말할 때 가장 중요한 요소는 관계의 사회적 맥락을 합의하는 것이다. 이 또한 지성과 용기와 성찰을 필요로 하는 어려운 문제다. 대표적으로 제도화된 사랑인 이성애나 모성에 대한 공부, 자신의 위치, 사회에 대한 이해 같은 많은 지식이 필요하다.

'사랑'이 있다

사랑은 상대(대상)와의 관계가 아니다. 자기 내부에서 일어나는 '나의' 사건이다. 흔히 말하는 '사랑하는 나를 사랑'하는 행위, 자기 자신과의 관계다. 물론 이러한 사실을 감추기 위해 결혼, 이성애주의, 로맨스 문화, 헌신, 희생 따위를 포함하는 제도와 문화적 각본(cultural script, 이데올로기)이 있다. 인간은 사람이든 절대자든 물화된 대상이든 무언가를 사랑하지 않으면 살지 못하는 존재다. 인간의 조건은 사회적 삶과 생명체로서 유한성 두 가지인데, 생명체로서 생로병사의 고통을 견디기 위해 우리는 사는 의미를 찾아야 하고 사랑은 가장 절실한 방도다. 사랑이 없다면 삶도 없다. 사랑 자체가 소중해서가 아니라 사는 의미와 관련되기 때문이다. 특정한 개인/파트너와의 애정을 추구하는 이들이나 사회적 권력, 돈, 명예를 성취하려는 노력 역시 모두 사랑받기 위한 몸부림이다.

바람직한 사랑? 그런 것은 없다. 사랑은 정의하고 합의를 볼 수 있는 문제가 아니다. 그러나 '추앙(존중)'하는* 사랑이나 바람직하지 않은 사랑은 있다고 생각한다. 내가 본 영화 중에서 나의 사랑 개념에 가장 가까운 텍스트는 〈밀리언 달러 베이비(Million Dollar Baby)〉(2004년)다. 이 영화를 클린트 이스트우드의 다른 좋은 작품인 〈그랜 토리노〉, 〈미스틱 리버〉와 견주는 이들도 있지만 내겐 〈밀리언 달러 베이비〉가 최고다. 볼 때마다 위로가 된다. 이 영화는 지구 멸망이나 홀로코스트를 맞더라도, 사랑과 슬픔이라는 인간의 힘이 있다면 극복할 수 있음을 보여 준다. 슬픔이 최고의 힘이다. 내가 생각하는 최고의 사랑은 상 대방이 원하는—그러나 내겐 너무 아프고 부담스러운—부탁 을 들어주는 것이다.

〈밀리언 달러 베이비〉에서 내가 가장 동일시한 인물은 작품 속 캐릭터가 아니라 영화 원작자다. 이 영화는 감독과 출연을 겸한 클린트 이스트우드의 대표작임에 분명하지만 원작에 빚지 고 있다. 20년 동안 링 위에서 컷맨(cut man, 복싱 선수가 경기 중 피가 나면 응급 처치를 해주는 스태프)으로 일한 소설가는 흔치 않 다. 원작을 쓴 제리 보이드(Jerry Boyd, 1930~2002, 필명 F. X. 툴) 는 생년월일이 불명일 정도로 '밑바닥' 인생을 살았다. 단편 〈밀 리언 달러 베이비〉가 실린 소설집 《불타는 로프(Rope Burns)》 (2000년)가 그가 생전에 남긴 단 한 권의 작품이다.

투우사, 택시 운전사, 술집 주인 등 온갖 직업을 전전하며 생 활고에 시달렸고, 정식 문학 교육을 받지 못했지만 40년간 혼

---

* 이 글을 쓸 즈음 박해영 작가의 드라마 〈나의 해방일지〉(2022년)가 인기리에 방 영되고 있었다. 이 드라마에 나오는 '추앙'이라는 말이 유행했는데, 추앙은 존중 (respect), 숭배(worship), 사랑(love), 좋아하고 아낌(cherish) 등 여러 요소가 복 합되어 있다. 외국 시청자들은 드라마 속 두 주인공을 'worship couple'이라고 표 현했다.

자서 글을 썼다. 이 책 이전까지 그의 글은 모두 출판사로부터 거절당했다. 첫 책이 출간되고 2년 후에 그는 완성된 영화를 보지 못하고 사망했다.* 나는 알코올과 노숙, 중노동과 글쓰기를 함께하면서 69세에 첫 소설집을 낸 소설가가 감히 부럽다. 그의 삶은 고달팠지만 그가 쓴 이야기는 전 세계 사람들이 보고 눈물을 흘렸고 영원으로 남았다.

이 영화에는 명장면, 명대사가 넘치는데, 거의 메타포다. 이 영화는 이스트우드가 쓴 인생과 고통에 관한 시다. 나는 이 영화를 보고 그가 왜 공화당원인지 진정 이해하게 되었다. 항상 나 자신부터 보호해야 한다는 것, 어떤 부위는 맞으면 피가 멈추지 않는다는 것(인생에는 극복할 수 없는 상처가 있다), 복싱에서 중요한 것은 자세라는 것⋯⋯.

그 다음으로 동일시한 인물은 당연히 서른두 살에 복싱을 시작하려는 가난한 여자 매기(힐러리 스웽크)다. 나는 서른에 풀타임 학생으로 일반대학원 석사 과정에 진학했는데, 서른 살 여성의 대학원 진학은 모든 사람에게 거슬리는 일이었나 보다. 나는 늘 "당신이 왜"라는 질문, 아니 폭력에 시달렸다. 그들의 요지는 이것이다. "나이 많은 사람(흑인, 장애인⋯⋯)이 왜 공부하

---

* "3 People Seduced by the Bloody Allure of the Ring", A. O. Scott, 〈The New York Times〉, Dec. 15, 2004. "The Fight Game Lasts Another Round Onscreen", Charles McGrath, 〈The New York Times〉, Dec. 18, 2004.

냐." '하물며' 30대 웨이트리스가 복서를 꿈꾼다. 그런 매기의 욕망을 동네 낡은 체육관을 운영하는 노년의 프랭키(클린트 이스트우드)가 인정해주고 받아준다. 보잘것없는 자의 꿈, 욕망을 존중하는 이들은 흔치 않다.

프랭키는 매기가 원하는 대로 해준다. 그 행위가 죽을 때까지 잊히지 않을 고통으로 프랭키 자신을 파괴하리라는 사실을 알지만, 오로지 상대방 매기를 위해서 행동한다. 자기의 고통보다 상대방의 고통을 더 존중하는 것이다. 사랑은 이런 것이다. 이처럼 쉽지 않기에 사랑할 줄 아는 이도 드물고 받을 줄 아는 이도 드물다. 사랑은 대신 죽어주는 것보다 더 힘든 일이다. 매기에 대한 프랭키의 사랑의 기반은 아낌과 존중이다. 상대에 대한 전적인 수용, 응원과 지지, 기도, 개입하지 않고 바라봄, 상대가 필요한 것을 보이지 않게 행하는 것, 아픈 사람을 살게 하는 마음 씀……. 이는 자신의 에고로부터 자유로운 상태, 자신을 비워야 가능한 일이다. 사랑의 반대말은 많지만, 나는 그 중 최고가 '밀당'이라고 생각한다. 나는 밀당이 최고로 싫다.

'사랑'이 있고 '사랑한다는 주장'이 있다. 이 사이에는 연옥도 없다. 천국과 불지옥뿐이다. 좋은 관계도 지속되려면 상호 노력이 필수다. 그런데 다른 인간사보다 인간'관계'는 사적인 문제로 인식하는 경향이 강하기 때문에 의지를 지니고 만들어 가려는 실천 없이도 저절로 유지된다고 생각한다. 괴로운 술자리, 형식적인 문자조차도 인간관계를 잇는 장치다. 사랑은 말할 것도 없이 인생에서 가장 복잡하고 치열한 일이다. 그런데 이를 선언하거나 주장만 해놓고 상대방도 그럴 것이라고 생각하기 쉽다. 혹은 절대로 '안 이루어진다'고 좌절하는 경우도 모두 혼자만의 생각이다. 이런 행동을 하는 사람은 '자기가 사랑하므로' 자신이 피해자라고 단정하기 쉽다.

'사랑한다는 주장'

나는 재현물이나 현실에서 정치인, 예술가 등 유명인에게 "팬입니다" 하며 악수를 청하는 장면이 나오면 불길하다. "팬이 안티가 되는 것은 시간문제"라는 식의 흔한 이야기가 아니라 호모 사피엔스의 숭배와 사랑의 관계를 생각하게 된다. 1957년에 처음 출간된 에드가 모랭의 《스타》는 우상의 역사부터 시작해 현대 사회 대중문화의 정치경제학과 심리학을 다룬 역작이다.

영국의 일반 명칭은 여전히 왕국인 양 '영국연합왕국(UK, United Kingdom)'이다. 영어에서 '-dom'은 지위나 영지(領地)를 뜻한다. "스타덤(stardom)에 올랐다"는 말이 여기서 나왔다. 오늘날 문화 산업 연구에서 소비자의 주체성이 강조되면서 '팬덤(fandom)'이라는 말도 생겼다. 팬이 없다면 스타도 없다. 팬덤은 국가처럼 일종의 상상의 공동체다. 일본 사회의 한류는 자신을 욘사마(배용준) 나라, 본사마(이병헌) 나라의 국민으로 생각하는 일본인들의 열정을 의미한다.

국민의 사랑을 받지 못하는 통치자의 운명처럼 팬 없는 스타는 더는 반짝이지 않는다. '국민(nation)' 개념처럼 팬덤도 그리 간단한 현상이 아니다. 나 역시 사랑하는 스타가 있다. 인구는 적지만 나만의 국가, 커뮤니티다. 이때 나의 국적은 '대한민국'이 아니다. 내가 스타를 사랑하는 방법은 그에게 부담을 주지 않으면서 보이지 않는 곳에서 마음을 실천하는 것이다.

내가 가장 오래 사랑했고 아마도 영원히 사랑할 이가 있다. 내가 그를 위해 하는 일은 그의 책을 많이, 자주 사서 주변에 읽기를 권하는 것이 전부다. 안 읽어도 상관없다. 그의 작품이 한 권이라도 팔려 도움이 되는 것이 중요하다. 나는 그렇게 사랑한다. 상대방은 나의 존재를 알지도 못하는데, 사랑하는 사람에게 누(累)를 끼쳐서는 안 된다는 '낮은 자세'. 이런 사랑은 쉽지 않지만 자신을 성장시킬 수 있다. 사랑의 대상이 예술, 문학, 공부 같은 것일 때는 큰 성취를 이룰 수도 있다. 사도(使徒)의 삶이다.

반면 스타(타인)의 시간을 빼앗고, 집착하고, 머리카락 등 몸을 탈취하는 경우도 흔하다. 사랑이 아니라 자기만족을 위한 광신으로 발전하기 쉽다. 토니 스콧 감독의 〈더 팬(The Fan)〉

(1996년)의 로버트 드니로는 광팬을 거쳐 스토커, 살인자로 변모한다. 드니로의 연기 때문인지 나는 이 영화가 진짜 무서웠다. 스토커의 논리는 이러하다. "내가 '너 따위'를 이토록 사랑하는데, '네가 뭔데' 내 마음을 무시해?" 스토커의 대상이 된 이는 운이 없을 뿐이다.

스타에 대한 팬의 마음은 여러 가지다. 그냥 좋음, 존경, 선망, 소유욕, 반사회적인 짝사랑……. 이 가운데 스타를 숭배함으로써 자기 인생의 스트레스와 낙오자 심리에서 도피하려는 부류가 가장 위험하다. 정치인 팬덤이 위험하고 바람직하지 않은 이유가 여기 있다. 정치인 팬덤은 상대에 대한 사랑이 아니라 철저히 자기 문제의 발로인 데다, 사회를 망치기 때문이다. 중간 지대가 사라진다.

김대중 전 대통령의 지지층은 숨죽이고 그를 사랑했다. 반면 사랑의 자유를 맘껏 누리는 이들도 있다. 극성스러운 정치인 팬덤은 그 자체로 '국정 농단'이 된다. 나는 문재인 정권 초기 그의 팬덤인 '문빠'의 존재를 몰랐다. 그러다 친구에게서 듣고 놀랐다. 이 단어는 기존의 '오빠부대'라는 말에서 나왔다. 여성 팬과 남성 스타의 조합, 즉 성별화된 표현인 데다 정치인에 대한 차선의 선택이 팬덤이라니. 불쾌한 단어였다. 아니나 다를까. 집권 내내 '문빠'는 논란이 되었고, 결과적으로 '윤석열'을 대통령으로 생산했다.

이후 '문빠' '대깨문'으로 불리는 이들은 박정희 부녀 팬덤(박사모)과 다를 바 없이, 누가 더 퇴보적인 집단인지를 두고 경쟁했다. 어떤 이들은 두 집단이 어떻게 같냐고 하겠지만 다르지 않다. 문제는 숭배 대상이 아니라 행동 방식이기 때문이다.

1990년대 '서태지와 아이들'의 등장은 음악뿐만 아니라 당대의 문화 정치 패러다임을 바꾼 현상이었다. 서태지와 아이들의 메시지를 공유하는 팬들은 작은 행동에서부터 사회를 바꾸고자 했다. '서태지기념사업회'는 스타 사랑을 공연 후 쓰레기 줍기에서부터 불우 이웃 돕기에 이르기까지 사회적 행동으로 실천한 이들이었다. 지금 BTS(방탄소년단)의 아미(ARMY, BTS 공식 팬덤)도 마찬가지다. 2021년 말, 코로나19 유행으로 2년 만에 열린 BTS의 LA 콘서트 때 그들은 이렇게 외쳤다. "사랑해, 끝까지 함께하자." 이 구호는 영원한 사랑을 의미하는 말이 아니다. 멸망 직전의 세상에서 누구도 배제하지 않고 서로 돕고 살자는 뜻일 것이다. 신자유주의와 코로나 시대, 아무도 믿을 수 없고 누구에게도 의지할 곳 없는 세상에서 "끝까지 함께하자"는 팬들의 외침은 생존의 욕구다. 팬덤 그리고 정치는 공동선을 의식하는 배려와 사랑의 공동체여야 한다. 그 운영 원리는 다르지 않다.

외로움, 나는 말하고 싶다

피고인, 화양연화

나는 인간이며, 그것만으로도 비참하기에 충분하다. - 메난드로스

말할 곳을 찾다

인간이기에 그것만으로도 비참하다. 기원전 4세기 고대 그리
스 아테네의 극작가 메난드로스의 말이다. 기원전부터 인생이
이랬으니, 우리는 안심해도 될지 모른다. 미국의 '흑인' 사회학
자, 에드워드 프랭클린 프레이저는 이렇게 말했다. "(미국 문화
속에서) 살 만한 동기를 찾든지 죽든지." 일단 태어났다면 힘들
다. 기본적으로 본인의 생로병사가 있고, 사랑하는 이들의 생로
병사를 겪어내야 한다. 불평등, 부조리, 악의 승리, 차별, 미세
먼지, 너무 많이 가진 자들의 장난(갑질), 없는 자들의 욕망, 기

후 위기……

이제는 오래된 뉴스가 되었지만 브래드 피트가 제니퍼 애니스턴과 헤어지고 앤젤리나 졸리와 '시끄러운' 연애 중일 때였다. 그즈음 유명 잡지 《배니티 페어》가 애니스턴을 표지 모델로 실었다. 커버스토리의 제목은 "제가 외롭냐고요? 그래요!(Am I lonely? Yes!)"였다. 그래, 나 당신들 생각처럼 외롭다. 그래서 어쩔래? 그런 말투 같았고, 나는 대중 매체가 잔인하다고 느꼈다. 누구라도 슬퍼할 상황에다, 유명 여성 배우만이 겪는 어려움이 있었을 것이다. 그때 그는 누구에게 고민을 말했을까?

인생에는 배타적인 연인 관계가 아니더라도 사회로부터 혹은 누군가에게 따돌림당해 망신스러운 기분, 어딘가에 하소연하기에도 자존심 상하는 사건, 견뎌야만 하는 시간이 있는 법이다. 실연, 상실, 시련……. 이러한 상황이 아주 심할 때는 영화도 책도 음악도 잡히지 않는다. 오로지 이불 속이 우주다.

누구라도 손을 내밀어주었으면……. 내가 먼저 전화하기는 엄두가 안 나고 스팸 전화라도 왔으면 싶다. "오늘 만날 수 있어(요)?" 메시지를 보내거나 심야에 "지금 통화할 수 있어(요)?" 이렇게 전화할 수 있는 친구가 있는가? 충분한 경청과 공감, 위로, 대안 제시는 바라지 않는다. 그냥 상대방이 있었으면 좋겠다. 하지만 단언컨대 세상에 이런 친구는 없다. 상담자도 없다. 있더라도 찾기 힘들다. 비용과 시간이 들고, 비밀 유지 걱정 같은 다른 대가를 치러야 한다.

아, SNS가 있다. 트위터를 공개하지 않고 일기장으로 삼는 이들도 있다. 좋은 기능이다. 나는 간혹 내 메일 주소로 일기를 보낸다. 실은 그냥 끄적거리다 만다. 커서는 깜박이며 재촉하지만, 왠지 모니터 앞에서는 구체적으로 쓰기가 쉽지 않다. 페이스북에서 맺을 수 있는 친구가 최대 5천 명이라고 알고 있다. 온라인에서 친구 5천 명을 '달성한' 이들도 있지만, 지구상에서 진짜 친구가 5천 명인 사람은 없다. 인생에서 모든 이야기를 나눌 수 있는 친구가 셋만 있어도 성공이라는 말이 있는데, 내 생각에는 한 명도 힘들다.

이야기를 들어줄 가장 좋은 대상

간혹 자신을 나의 '독자'라고 소개하는, 모르는 사람의 편지를 받는다. 내게 메일을 보내오는 사람들의 글은 대개 이렇게 시작한다. "지금 제가 힘든 상황입니다. 어디 말할 곳이 없어서 선생님께 씁니다. 양해를 바랍니다." 그들은 쓰고 나는 읽는다. 그리고 나는 그들과 그들의 사연을 잊는다. 이후 계속 편지가 오가거나 현실에서 만나는 일은 당연히 없다. 나, 아니 나의 아이디는 익명의 수신처일 뿐이다. 간혹 빈병 속에 편지를 넣어 바닷가로 보낸 사연도 발견되는 비극을 맞는다. 메일은 그런 우려가 없다.

말하는 행위는 마음의 가시를 돌보는 일과 비슷하다. 어떤 종류의 침묵은 마음속 가시와 같아서 같이 살 수 없다. 가시가 움직일 때마다 몸을 찌른다. 말하기(speech)를 수치스럽게 생각하거나 억압하는 문화에서는 자살률이 높다. '표현의 자유'가 표현의 폭력인 시대지만, 여전히 말하기는 중요하다. 주디스 버틀러는 우리 시대의 문제, 혐오 발화(ex/citable speech)를 일종의 주인 없는 퍼포먼스라고 본다. 혐오 발화는 말하기(citing)를 초과하고, 남용하고, 선을 넘어선(ex/citable) 상황이다. 어떤 사람들은 '초과'는커녕 하고 싶은 말을 꺼내지도 못하는데……

"아무에게도 말할 수가 없(었)다." 흔히 듣는 말이다. 고전으로 꼽히는 조너선 캐플런 감독의 영화 〈피고인(The Accused)〉 (1988년)은 지금 봐도 '교과서'다. 작품 자체로도 그렇고 성폭력 사건을 다루는 방식과 시각으로도 그렇다. 조디 포스터. 조디 포스터. 조디 포스터와 페미니즘…… '나의 영웅 조디'(다큐멘터리 영화 〈조디 포스터 이야기[Jodie: An Icon〉는 이렇게 번역되었어야 했다).

그때는 조디를 몰랐다. 20대 초반, 더러운 동시 상영 극장에서 이 영화를 보았다(심지어 쥐가 돌아다녔다). 극장 간판이 선정적이었다. '싸구려 영화'인 줄 알았다. 조디 포스터가 윤간 피해 여성 '사라' 역으로, 〈탑 건〉의 켈리 맥길리스가 그를 돕는 지방

검사 '캐서린'으로 나온다.

작품 속에서 조디는 가난한 여성의 전형이다. 일찍 가출하여 거리를 전전한다. 술, 마약, 섹스, 길거리의 폭력을 감수하며 하루하루를 사는 그는, 성폭력 피해 여성이 겪는 고통과 편견을 고스란히 뒤집어쓴다. 그런데 수십 년이 지난 지금까지 내게 가장 인상적인 장면은 젠더, 성폭력 이런 이슈라기보다는 그의 외로움이 고스란히 전해지는 통화 장면이다. 당하고서야 깨달은 상황. 자신도 정리가 안 되고 이해할 수 없고 분노로 미칠 것 같다. 누가 지금 '내 처지'를 알아줄 것인가.

영화에서 주인공이 엄마나 지인, 가족에게 오랜만에 전화를 걸어 짧은 대화를 나누거나 울먹거리며 바로 끊는 장면이 종종 등장한다. 마음 둘 곳 없는 '우리의 조디'도 더러운 커튼이 드리워진 어두운 방에서 오래전에 떠나온 엄마에게 전화를 건다. 엄마의 삶도 고달플 것이다. 갑작스런 딸의 전화에 엄마는 "무슨 일 있니?" "건강해라." 외에는 할 말이 없다. 조디는 눈물을 훔치며, "아니, 별일 아냐. 그만 주무세요." 정도의 대화를 나누고 끊는다.

자신의 상황을 설명할 기력도 없고, 말해봤자 엄마는 감당하지 못할 것이다. 두 모녀를 합친 몸만큼 상처도 두 배로 커질 것이다. 이럴 때는 자기 말을 못 알아듣거나 그냥 아는 정도의 사람에게 전화를 해야 한다. 무심한 사람, 무심한 관계가 낫다.

어차피 인생에 해결은 없으므로. 그저 들어주며, 나를 판단하지 않고, 내 걱정을 하지 않을 사람. 내 이야기를 듣고 아무 말도 안 할 사람. 내 말을 잊어버릴 사람.

이럴 때 내가 가장 원하는 사람은 내 이야기를 못 알아듣는 사람이다. 듣는 이에는 두 종류가 있다. 공감과 수용이 가능한 적극적 청자, 더 나아가 치유(talking cure)가 가능한 소위 '전문가'들이다. 하지만 앞서 말한 대로, 대가가 따르고 찾기가 어렵다. '전문가'와 비슷한 범주에서 '안전한' 사람들이 있다. 이해력과 인간애가 깊은 친구나 멘토가 그들이다. 그러나 매번 이들에게 도움을 청하기도 민망하고, 아는 사이이기 때문에 빚을 진 느낌을 떨치기 힘들다. 아는 사이라면 여전히 비밀도 걱정되고, 완전하게 안전한 관계란 없기에 상대방의 시선으로부터 자유롭지 않다.

그래서 사람들은 기도를 한다. 기도는 내가 나에게 하는 말이기 때문이다. 종교가 그것이고 기도가 그것이다. "주님은 내 안에." "부처님은 온 천지에."

내 안의 무엇인가—주로 괴로움—를 꺼내놓으면, 짐이 덜어지고 상황도 객관화되고 안정이 된다. 고민, 외로움, 스트레스일수록 말을 하는 것이 도움이 된다. 쓰기도 마찬가지다. '부정적' 감정이 나쁜 것이 아니다. 괴로움은 삶의 조건이다. 문제는 그것을 제대로 표출하지 못하는 상황이고, 언제나 고민은 누구에게 말할까이다.

소통의 소중함, 대화를 통한 해법, 털어놓으라……. 나는 이런 말을 신뢰하지 않는 편이다. 어쨌든 아예 모르는 이 또는 말이 전혀 통하지 않는 이에게 말할 때가 도움이 되는 경우가 많다. 반응이 없는 것이 좋다. 나는 이 '반응 없음'이 훨씬 관계를 좋게 만든다고 생각하고, 실제로 자주 경험한다.

나는 엄마와 아빠, '두 사람의 딸'이지만, 엄마와는 '여성으로서' 관계였고 아빠는 그냥 '아는 사람'이었다. 엄마는 나와 겹치는 젠더 문제도 있는 데다 개인적으로 극히 예민하신 분이고, 아빠는 그 반대다. 그래서 나는 아빠에게 전화하는 것이 편했다. 아빠는 내가 아무리 (좋은 일이든, 나쁜 일이든) 충격적인 이야기를 해도 "그러냐" 한마디뿐이셨다. 그러고 나서 오로지 당신 일상, 당신 주장만 하셨다. 나는 아빠의 무반응과 철저한 이기주의가 좋았다. 아빠랑 통화하면, 내가 '문제'가 아니라 아빠가 문제라는 생각이 들어서 위로받았다.

가족? 절친? 파트너? 그들은 나를 잘 아는 사람인가? 의외로 대부분 그렇지 않다. 우리는 말이 통하지 않는 사람에게 '벽창호'니 "벽하고 이야기하는 게 낫겠다"라고 말하지만, 정말 벽에게 말하는 것은 효과가 있다. 말이 통하지 않는 것도 축복이다. 말이 통하면 나중에 상대방에게 "내가 너 때문에 얼마나 걱정했는지 알아?"라는 공치사나 직접적으로는 아니더라도 "넌, 아직도……? 지겹다"라는 핀잔을 들을 가능성이 많다. 이런 일이 반복되면 나는 '걱정거리'인 인간이 된다. 나는 매일 고민이 있을 뿐이지, 트러블 메이커가 아니란 말이다!

조디 포스터가 〈피고인〉에서 엄마에게 전화할 때의 심정을 우리는 이해할 수 있다. 곤경을 겪으며 고립되어 있을 때, 타인과의 연결 자체만으로 상황이 '정리된다'. 전화를 끊고, 세수를 하고, 마음을 다잡아본다.

벽에게 말하자, 〈피고인〉과 〈화양연화〉

왕자웨이(왕가위) 감독의 〈화양연화(花樣年華)〉(2000년). 너무 대단한 이 영화에 대해서는 쓸 자신이 없다. 표현 가능한 부사가 없다. 영화 자체에 흠뻑 젖은 상태에서는 글쓰기가 되지 않는다. 다만 〈피고인〉과 〈화양연화〉는 무관한 영화처럼 보이지만, 결정적인 공통점이 있다. 두 영화에서 주인공이 말하는 방식과 상대는 영화의 주제와 밀접한 연관이 있다.

내 생각에 〈화양연화〉의 주제는 인생의 본질인 '어쩔 수 없음'이다. 영화 속의 두 사람, 어쩌겠는가. 〈피고인〉에서 조디 포스터는 타인과 다름없는 엄마에게, 〈화양연화〉에서 량차오웨이(양조위)는 벽에다 대고 말한다. 민폐도 없고, 누구에게도 부담

주지 않으면서 말하기의 목적을 달성한다. 앙코르와트에서. '들어 달라'가 아니라 '나는 말했다'가 중요하다.

할 수 있는 이야기보다 할 수 없는 이야기가 훨씬 많다. 아는 사람보다 벽에 대고 말하는 것이 낫다. 타인을 찾기보다 나에게 먼저 말하는 것이다. 두 작품의 공통점이 또 있다. 모든 영화 감상은 자의적이고, 보는 이의 상황에 따라 감동도 크게 다르다. 둘 다 외롭고 아플 때 보면 더 많이 보이는 영화다. 작품과 '비슷한 경험이 있다면 더욱 좋다'. 난 동일시했다. 〈피고인〉, 〈화양연화〉를 보고 나는 머리가 흔들리도록 울었다. 인생에는 '안 되는 일'이 천지다. (어떤 말은) 말해서 무엇하리. 지금 나는 말할 사람을 찾기 전에 숨을 고르고 글을 쓴다.

관객의 경험

우리들의 블루스

종종 영화 시작 전에 "이 이야기는 실화를 바탕으로 한 이야기입니다" 혹은 "본 작품에 등장하는 모든 인명과 상호는 허구임을 밝힙니다" 아니면 그 중간용(?)으로 "이 작품은 실제 사건에 기반했지만 철저히 각색, 익명 처리하였습니다" 같은 구절을 마주한다. 익숙한 말이지만 한편으로는 우스꽝스럽고 우려스럽고, 한편으로는 모두 의미 없는 말이기도 하다. 그러나 이런 문구와 무관하게 관객들은 믿고 싶은 대로 보고, 비하든 미화든 논쟁이 따른다. 그야말로 영화는 영화다. '만들어진 영화'와 '보는 영화'가 다를 뿐이다.

널리 알려진 실존 인물이 소재일 때, 유족과 관계자들의 항의와 소송으로 영화가 편집되는 경우가 있는가 하면(사회적 검열), 힘없는 다수 피해자를 모독하는 경우도 있다. 전자의 대표적 사례가 임상수 감독이 1979년 10 · 26사태를 다룬 박정희 대통령 이야기 〈그때 그 사람들〉(2005년)이다. 영화인들은 대책위를 꾸리고 검열 반대 투쟁을 벌였다. 후자는 셀 수 없이 많을 것이다. 나는 실재 여부를 둘러싼 픽션과 팩션, 극영화와 다큐멘터리의 구별은 무의미하다고 생각한다. 물론 장르의 차이는 크다. 이 문제는 객관적인 이야기도 허구도 없다는 뜻이다. 어떤 형식, 어떤 내용이든 '극과 현실'의 차이를 관객이 정하는 종류의 영화가 있다.

다음은 윤여정 배우의 아카데미상 수상으로 화제가 된 영화 〈미나리〉(2020년)에 대한 어느 언론인의 글이다.

〈미나리〉를 며칠 간격을 두고 두 번 보았다. 토론토에 사는 내 선배는 이 영화를 보고 나서 "이게 무슨 영화냐, 다큐멘터리지"라고 했다. 짜증이 담긴 목소리였다. 그 정도까지는 아니었으나 나 또한 처음 볼 때는 많이 불편했다. 시대와 장소, 구체적인 내용은 다르지만 '미나리 가족'의 미국 정착기는 우리 가족이 캐나다에 살러 와서 겪은 것과 비슷한 이야기이기 때문이다.

영화를 보는 내내 이민 초기의 신산함 · 외로움 · 고통 · 갈등 등 내가 경험한 현실이 생생하게 펼쳐지는 것 같았다. 뭔가 드라마틱하고 심금을 울리는 신파조의 내용을 기대했다가 날벼락을 맞은 기분이니 "저게 다큐멘터리 영화냐"라고 불평하는 것도 무리는 아니다. 달리 말하자면 현실을 실제 현실보다 더 밀도 있게 그려낸 영화라는 얘기다. 나 같은 이민 1세들은 지금도 여전히 낯선 문화에 적응 중이다. 그런 사람들이 이민 초기의 스트레스를 떠올리게 하는 이런 영화를 보면서 힘들어하는 것은 어쩌면 당연한 일이다.[*]

위스키 온 더 락

이 글을 쓰고 있는 즈음 제주도를 배경으로 한 노희경 작가의 드라마 〈우리들의 블루스〉(2022년)가 방영되고 있었다. 나도 열심히 보았다. 4·3 사건을 알고 난 후, 나는 스스로 명예 제주도민이라고 생각하는 육지 사람이다. 지인도 많은 편이고 업무 때문에 제주에 자주 간다. 4·3 사건 학살지는 몇 차례를 갔는지 기억나지 않을 정도다. 서울 토박이지만 제주를 사랑한다. 제주를 내 고향이라고 생각하지만 이런 마음을 내세우지는 않는다. 드라마 〈전원일기〉의 도시 시청자 같은 위치를 갖지 않기 위해서다.

나는 감독, 영화의 주제, 캐릭터와 상관없이 제주 관련 영화는 거의 다 보았다. 〈레드헌트〉〈지슬〉을 비롯한 4·3 사건 관련 다큐는 물론이고, 〈사과〉〈이재수의 난〉〈연풍연가〉〈인어

---

[*] "난 '미나리'가 불편하다", 성우제, 〈경향신문〉, 2021년 3월 12일.

공주〉〈올레〉〈낙원의 밤〉〈빛나는 순간〉〈계춘할망〉, 서울반 제주반(?)인 〈건축학개론〉〈늑대소년〉처럼 제주가 부분 등장하는 영화도 마찬가지다. 드라마는 너무 많아서 적을 수가 없다. 이 중에서 장동건, 고소영 주연의 〈연풍연가〉처럼 오로지 제주 풍경을 보기 위해 보는 영화가 있다. 이 영화는 '제주 붐' 이전의 풍경이 고스란하다. 1998년작이니 무려 24년 전, '오래된' 영화다. 제주의 평범한 주택가, 밤, 골목이 생각난다. 아마 이 영화처럼 배우가 지워진 영화도 드물 것이다.

〈우리들의 블루스〉에 나오는 중년들과 중년의 배우와 동일시한 나는 이 드라마의 모든 장면이 다 부드럽게 흘러갔다. 제주도가 배경이고 다양한 연령대가 나오지만 내게 이 작품의 주제는 '나이 듦'이었기 때문이다. 노희경 작가, 이정은 배우, 엄정화 배우의 '인간적 고민'을 나는 알 것 같다. 연령은 계급, 젠더와 함께 중요한 사회 구성 요소로, 모든 분야에서 노소(老少)에 따른 '우선권'을 둘러싼 정치경제학의 전쟁터다. 나이는 다른 사회 구조와 다르게 '어려도, 어중간해도, 늙어도' 맥락에 따라 차별받는다. 그래서 모두가 피해자라고 싸운다.

〈위스키 온 더 락(Whisky on the Rock)〉. 이 드라마에 나오는 노래 중 하나인데, 2002년 당시 40대의 가수 최성수가 작사 작곡한 노래가 원곡이다. 드라마에서는 편곡된 곡을 가수 김연지가 부른다. 원곡의 주인공 최성수가 이 노래를 부르는 모습도 중년'만'이 가능한 절창이라고 느꼈다. 이 노래를 부를 때 그는 예전의 그가 아니다.

>그날은 생일이었어 지나고 보니
>나이를 먹는다는 건 나쁜 것만은 아니야
>세월의 멋은 흉내 낼 수 없잖아
>멋있게 늙는 게 더욱더 어려워
>비 오는 그날 저녁 카페에 있었다
>겨울 초입의 스웨터
>창가에 검은 도둑고양이
>감당 못하는 서늘한 밤의 고독
>그렇게 세월은 가고 있었다
>아름다운 것도 즐겁다는 것도
>모두 다 욕심일 뿐
>다만 혼자서 살아가는 게 두려워서 하는 얘기
>얼음에 채워진 꿈들이 서서히 녹아 가고 있네
>혀끝을 감도는 위스키 온 더 락

가사는 멋지지만 대개 나이 듦에 대한 언어가 그렇듯 모순적이다. "나이를 먹는다는 건 나쁜 것만은 아니야 …… 얼음에 채워진 꿈들이 서서히 녹아 가고 있네" 나이 듦을 애써 좋게 말하지만, 결국은 호오 심지어 시비의 기준은 젊음인 사회여서 꼭 '아쉬운 꿈' 운운하는 가사가 나온다. 꿈과 희망은 젊은 날의 전유물이 아닌데도 말이다. 꿈 없이 사는 사람은 없다. 죽는 게 소원인 중증 우울증 환자도 죽고 싶거나 낫고 싶은 꿈이 있다.

'위스키 온 더 락'은 자연의 이치에 대한 좋은 비유다. 이 노래에서 술은 인생이고, 얼음은 젊음이다. 주변 온도나 마시는 속도에 따라 위스키의 농도는 달라지겠지만, 얼음이 녹는다는 사실은 변함이 없고 술맛은 전과 같지 않을 것이다. 얼음이 녹아 가는 술잔을 놓고 내가 낫네, 네가 낫네 같은 대화가 오간다. '세월의 멋'이라는 것도 그것을 체현한 이들도 있겠지만 아닌 사람이 훨씬 많다. '나이 듦=세월의 멋'이라면, 동안 타령과 관련 산업은 덜 번창할까? 나이 듦은 그저 "감당 못하는 서늘한 밤의 고독 …… 혼자서 살아가는 게 두려〔운〕" 삶의 한 모습일 뿐이다.

경험은 투명한가

이렇게 중년 문제에 '흥분'하고 있던 나는 내 주변 이들의 감상에 다소 놀랐다. 나보다 젊은 여성들은 임신 중단 이슈를 문제 삼고, 제주에 사는 내 친구들은 "비현실적 제주 장면이 많아" 도저히 몰두해서 볼 수가 없다고 했다. 외지인이 만든 티가 너무 난다는 것이다.

앞서 말한 북미 이민자들에게 〈미나리〉가 다큐였던 것처럼 (실제로 널리 알려졌다시피 정이삭 감독 가족의 사연이다), 제주도 사람들에게 〈우리들의 블루스〉의 제주는 제주가 '약간' 아니었던 모양이다. 그래서 두 작품 모두 직접 관련이 있는 관객들에게 다큐로 혹은 '부족한 극영화'처럼 보였나 보다.

나 역시 그런 경험이 당연히 있다. 내가 잘 아는(?) 분야의 영화를 볼 때 내 눈은 너무 '밝다'. 아주 가까운 지인의 이야기나 내가 깊이 연루된 사건이 연일 뉴스에 나올 때, 나는 현실과 재현의 차이에 혀를 차거나 간혹 소스라치게 놀라곤 한다. 아, 이런 식으로 엉뚱하게 보도되는구나. 반대로 한국 영화의 단골 소재인 조직 폭력배나 경찰의 세계를 내가 어떻게 알겠는가. 그냥 '영화'로 아무 생각 없이 볼 뿐이다. 비교 자료가 없기 때문이다. 이는 작품의 '완성도'와 다른 차원의 이슈다.

세상에는 진실도 객관도 사실도 없다. 그것으로 작품의 의미가 달라지는 것도 아니다. 보이는 세계와 보이지 않는 세계가 있을 뿐이다. 보이는 세계에 대한 확신과 보이지 않는 세계를 염두에 두지 않는 것만이 위험하다. 나는 영화나 책을 집중해서 보지만, 완전히 믿지 않으려고 발버둥을 치며 노력하는 편이다. 본 것이 지식으로 자리 잡을 때가 가장 위험하다. 앎은 기존의 앎을 비워내는 작업이기 때문이다.

시야(visual field)는 감독이든 관객이든 인식 주체의 온전성을 보장하지 않는다. 자신이 무엇을 '못 보았는지' 아는 이는 거의 없기 때문이다. 영화의 사실성은 각자의 경험을 의미하지 않는다. 자신의 경험을 어떻게 확신하는가? "시야를 넓혀라"라는 말은 오해의 여지가 있다. 그보다 중요한 것은 이민자인 내가 모르는 이민의 세계가 있을 수 있고, 제주민인 내가 모르는 제주가 있음을 상기하는 것이다. 나는 생각한다. 제주에 수산업에 종사하는 이들이 더 많을까, 호텔 룸메이드들이 더 많을까. 지금 카페가 많을까, 횟집이 많을까. 내가 처음 제주에 도착한 1998년과 지금의 제주는 완전히 다른 곳이다.

김대중 정부 출범 이후, 1998년 2월 '4·3 발발 50주년 학술대회'가 '역사상' 처음 열렸다. 당시 대한항공 비행기가 착륙을 위해 제주 땅에 가까이 접근했을 때 내 기분을 잊을 수 없다. 비행기에 탄 하늘에 있는 나의 위치는 제주를 '내려다보는' 공격자나 새의 입장이었다. 폭격자, 통제자가 된 듯한 경험이었다. 인간의 조감(鳥瞰) 욕망을 경험했다. 내가 일상에서 생각(분노, 비판……)하는 '저들', '그들'도 나를 이렇게 생각하겠구나……. 그런 두려움을 역지사지로 그렇게 구체적으로 느낀 적이 없다.

한국 사회에서 '제주'는 마치 젠더처럼 인식론의 선두에 있다. 반도나 땅이 아니라 바다에 홀로 떠 있는, 아무것과도 연결되지 않은 듯한 섬. 독도처럼 '서로 내 땅'이라고 우길 수 있는 곳이 섬이다. 특히 섬은 경계, 국경, 사람을 재정의한다. 군인은 남성이고 남성은 나라를 지킨다? 일제 강점기 제주의 군인은 바닷가에서 일하고 바닷가를 지키는 해녀들이었다. 그들보다 해변(국경)을 잘 아는 이들은 없었기 때문이다. 여자 군인이라는 의미의 여정(女丁)이라고 불렀다.

토박이 제주 사람들은 주로 그들끼리 이런 농담을 한다고 한다. "우리 집에서 한라산이 가장 잘 보인다!" "우리 집 귤이 제일 맛있다!" 제주도(濟州島)는 섬 전체가 하나의 산(한라산)이다. 산 전체에 도심, 해변, 중산간(中山間), 정글도 있고 습지도 있다. 제주는 하나의 섬이자 산이다. "우리 집에서 한라산이 가장 잘 보인다"라는 얘기는 섬의 일부에서 섬의 일부인 '꼭대기'가 가장 잘 보이는가 하는 문제다. 내부에서 어느 내부가 가장 잘 보이는가에 대한 질문이다.

앎이 내가 본 것과 안 본 것 사이에서 정해지는 사회는 바람직하지 않다. 서로 자신이 본 것만이 진실이라고 싸우기 쉽다. 전체도 부분도 없다. 앎의 범위를 아는 것이 불가능한 일임을 인정하고, 내가 지금 어디에서 말하고 있는가를 스스로에게 묻는 일상이 앎이요, 삶이어야 한다.

다시 태어날 수 있다면

콜 미 바이 유어 네임

압도적인 아름다움이 주는 무력감

이제까지 만들어진 로맨스 영화를 셀 수 있을까. 장르물로서 로맨스 영화는 '영화에서나 나오는 선남선녀들의 이야기'라는 통념이 딱 맞는 정말 영화적인 영화다. 그레고리 펙, 로버트 테일러, 록 허드슨, 오드리 헵번, 그레이스 켈리…… 이런 '세기의 미남미녀'들이 나오는 그런 고전 영화 말이다. 물론 지금 로맨스 영화는 말할 수 없이 다양해졌고 정교하다.

〈콜 미 바이 유어 네임(Call Me by Your Name)〉(2017년). 이 영화에 대한 내 '비평'은 이랬다. "내 인생을 돌려주세요." 솔직히 영화 속 주인공, 배경 등이 너무 아름다워서 짜증이 났다. 내 감상은 무기력? 질투? 분노? 기분 잡침? 따위다. 생각이나 언어로 표현이 안 되는, 그냥 다시 태어나고 싶다는 생각뿐이었다. 가난한 중년 여성 우울증 환자가 심통까지 난 상황과 비슷하다.

편견인지는 몰라도, 이 작품처럼 너무나 압도적인, 흠 없는, 천국의 느낌을 주는, 아름다운, 잘 만들어진 영화들은 주로 백인 중산층의 여름과 첫사랑을 다룬다. 1983년 이탈리아, 남부 유럽의 여름, 중산층 가족의 미소년, 먼지 없을 것 같은 야외 정원, 넘쳐나는 고급 와인, 정원의 나무들, 과일, 티타임, 적절하게 시원하고 상쾌한 바람, 고적한 오후의 피아노 소리, 흔들리는 나뭇잎, 물빛이 반사하는 눈부심이 태양 못지않은 바다와 호수, 숲, 일광욕, 고고학자인 아버지의 '조교인지 호텔 손님인지' 분간 못하게 자유로운(제멋대로인) 미국 남자, 작고 아름다운 마을……. 두 남자 주인공 티모테 샬라메, 아미 해머의 매력은 말할 것도 없다.

'씨네21'에서 평을 찾아보니 비평가들은 나와 달리 이 영화를 '멀리서' 본 것 같다. "온 우주가 합심해 사랑을 가르쳐준 그해 여름(김혜리)", "설렘과 눈뜸, 통증의 이름으로(박평식)", "여름이 지나가길 바랐던 난, 계절이 끝났을 때 울고 있었네(이용철)", "여백을 상상할수록 더 에로틱하고 가슴 저미는, 여운이 독하다(임수연)", "언어로 표현할 수 있는 가장 강력한 사랑의 주문(장영엽)", "햇살이 감옥을 두른 찬란했던 첫사랑의 기억(허

남웅)"

또 다른 아름다운 영화 〈타오르는 여인의 초상(Portrait of a Lady on Fire)〉(2019년). 〈콜 미 바이 유어 네임〉과 〈타오르는 여인의 초상〉 모두 극찬을 받지만 같이 논할 수 있는 정도는 아니다. 후자는 역사적 배경만으로도 책 한 권이 나올 영화다. 마지막 장면에서 비발디의 〈사계〉 여름 3악장 프레스토가 나올 때 물풍선처럼 눈물이 한꺼번에 터졌다. 하지만 두 작품 모두 그저 넋을 잃을 정도로 그림, 음악, 대사 등 모든 면이 완벽하게 아름다웠다.

솔직히 말하면, 나는 아일랜드의 '자주국방'을 다룬 〈보리밭을 흔드는 바람(The Wind that Shakes the Barley)〉(2006년) 외에는 켄 로치 감독의 영화를 좋아하지 않는다(그 영화는 워낙 걸작이다). 나는 그를 존경하지만, 그의 작품을 보는 것이 완전히 즐겁지만은 않다. 더 솔직히 말하면, 한국 사회에서 그의 영화를 좋아하는 (척하는) 이들을 좋아하지 않는다고나 할까. 그의 영화를 내세워 정치적 올바름을 주장하거나 진보인 척하는 이들이 나는 싫다. 그들이 재수 없기도 하고 그래서 그들과 같이 묶이고 싶지도 않고, 로치의 영화와 내 현실이 비슷해서 마주하고 싶지 않은 심정도 있다.

그렇다고 해서 〈콜 미 바이 유어 네임〉 같은 영화를 좋아하는 것도 아니다. 지구상에서 가장 아름다울 것 같은 공간과 배우들이 연기하는 로맨틱한 세계는, 일과 골치 아픈 사건에 찌든 내 현실과 너무 딴 세계라서 신경질이 난다. 그래, 다 젊은 사람들 얘기지, 부자들 얘기지······. 저들도 나처럼 머리에 골다공증이 생기도록 매일매일 원고를 써야 한다면, 저렇게 살지 못할 거야. 급기야 나는 왜 1960년대 분단 조국의 평범한 집에서 태어났을까. 나는 왜 EU의 회원이 아닌가. 나는 다음 생애에는 반드시 서구의 부잣집 아들로 태어나 평생 놀고먹으며 여행과 책, 영화만 보면서 살고 싶다는 망상으로 하루를 보낸다.

열패감과 부러움

〈콜 미 바이 유어 네임〉을 볼 즈음이었다. 비슷한 부러움을 느낀 사건이 있었다. 또래인 일본인 지인과 '추앙하는' 발터 베냐민에 대해 서로의 감격을 공유하고 있었는데, 그는 20대에 충동적으로 독일에 다녀온 적이 있다고 말했다. 직접 베냐민 관련 시설을 보고 서적을 사고 여행을 했다는 것이다. 그는 일본에서 그리 부자가 아니었다. 우리 집이 그보다 지식인 중산층 계급(?)이었다. 나는 너무나 놀랐다. 1980년대, 20대에 독일을 다녀왔다고? 그것도 그냥 여행으로? 지금도 비슷하지만 나는 20대에 단 한 번도, 외국은커녕 서울을 벗어난 적이 없다. 당시 나에게 외국은 지구 밖의 우주였다. 개념 자체가 없었다. 당시 나의 세계는 학교와 집, 서울의 두 개 구(區)를 왕복하는 생활이었고 제일 먼 곳으로 간 일이 농촌 활동이었다. 젊은이들이 자주 간다는 춘천에도 가본 적이 없다. 나는 그때서야 그가 나랑 가장 친한 친구가 아니라 일본인임을 깨달았다(내가 비행기를 타본 것은 저가 항공 시대에 이르러서였다).

일본의 근대화의 분수령인 메이지 유신 이후 일본은 유럽과 교류가 활발했다. 우리의 통념과 달리 서구인과 '혼혈' 인구수도 많다. 일본의 문화적 세계화는 우리의 고정 관념을 뛰어넘는다. 나는 처음으로 그에게 열패감과 부러움을 느꼈다. 그의 실력이 개인의 것이 아닌 일본의 국력이라고 믿고 싶었다. 나의 10대와 20대는 대부분 5공화국 시대로 전두환, 노태우가 대통령이었다. 외국 여행은커녕 학교 소풍도 최루탄으로 무산된 적이 있다. 후기 식민주의, 지역학, 페미니즘…… '글로벌'하고 현대 인문학의 첨단을 공부한다고 생각했던 나는, 공부가 아니라 책상머리에서 동화를 읽고 있었구나……. 기분이 몹시 나빴고 피해 의식, 분노가 일었다. 물론 개인적으로 내가 국내외 불문하고 워낙 여행 경험이 없는 탓도 있지만, 1980년대 일본과 한국은 비슷한 나라가 아니었고 일본의 문화나 인문학 수준은 '한류'로 '통칠' 수 있는 수준이 아니라는 현실 자각이 왔다.

그가 레닌 같은 역사주의자를 격렬히 비판한 베냐민의 고향을 찾아갔을 때, 나는 레닌의 팸플릿을 '전두환 타도를 외치는' 주변 분위기에 휩쓸려 영어와 일어로 읽었다. 당연히 스무 살의 나는 영어도, 일어도, 레닌의 말도 무슨 말인지 몰랐다(선배들이 멘셰비키가 '나쁜 놈'이라고 한 말만 기억난다). 식민지 국민의 삶이란 이런 것이다. 게다가 분단 한국은 너무나 무식한 나라다. 나는 왜 한국에서 태어났을까.

한 번뿐인 인생?

나는 내 나이에 비해 임종 경험이 많다. 그래서 내세가 없다는 사실을 너무나 잘 안다. 나는 그런 면에서 날 선 얼치기 유물론자지만, 인생이 단 한 번뿐이라는 사실은 받아들이고 싶지 않을 때가 있다. 인생이 한 번이라는 사실은 너무 불공평하다. 이럴 때는 "인생은 원래 불공평하다"는 윤여정 배우의 '말씀'으로도 진정이 되지 않는다. 이런 말을 하면 지인들은 "지금부터라도 그렇게(영화처럼) 살라"고 한다. 더 화가 난다. 나는 아직 은퇴 자금이 없으며, 여행할 체력이 안 되고, 연애가 성립(?)된 적이 없다. 내세에는 다른 지역에서 다른 시대에 다른 사람으로 태어난다는 믿음 없이는, 현실을 버틸 수 없는 세상이다.

하지만 70억 명의 인간 중에서 늘 사랑에 설레고 언제나 여행할 수 있고 먹을거리 걱정이 없고 건강하고 자기가 하고 싶은 일을 하는 이들이 얼마나 될까. 불가촉천민이라 불리는 이들, 조혼과 젠더 폭력에 시달리는 여성들, 내전 상황의 물 없는 마을, 굶고 질병에 시달리는 아이들, 젊은 나이에 질병으로 사망하는 이들……. 멀리 갈 것도 없다. 내 상황부터 그렇다. 내가 여성운동을 하게 된 계기 중 하나는, 1992년 미군의 잔인한 폭력으로 숨진 윤금이 사건이었다. 당시 그의 나이는 20대 중반, 내 또래였다. 그와 나의 차이는 무엇인가를 생각하지 않을 수 없었다. 충격과 슬픔이 나를 압도했다. 그저 나는 그와는 다른 환경의 가정에서 태어났을 뿐이다.

'제2의 성'인 여성의 삶은 원래 시민인 남성보다 사회 변화의 영향을 많이 받는다. 근대화는 어쨌든 여성의 삶에 큰 영향을 끼쳤다. 한국 사회의 급격한 근대화, 자본주의의 변화는 여성 개인의 노력보다 생년(生年)이 삶을 결정해 왔다. "시절을 잘 만나서" 나는 내 어머니보다는 나의 의지로 살았고, 내 어머니는 외할머니보다는 오래 그리고 '배운 여성'으로 사셨다. 개인의 노력보다 시대적 조건이 여성의 삶을 좌우했다. 아무리 행복의 의미를 재해석한다 해도 여성들의 삶이 이전 시대보다 '나은' 상황임은 분명하다(물론 성차별이 나아졌다는 의미는 전혀 아니다).

사람의 삶은 그 숫자만큼 다양하다. 일론 머스크나 제프 베이조스같이 '지들 기분'으로 지구 경제를 뒤흔드는 사람도 있고, 아스피린이 없어서 사망하는 이들도 있다. 아니면 대개는 버티는 삶이다. 힘겹게 절벽에 매달려 겨우 숨만 쉬고 있다. 정의는 없다. 있다면 내세뿐이다. 이번 생에 고생한 이들은 다음에 반드시 다른 삶을 살아야 한다. 내세가 현재의 고통을 견디게 하는 희망이 아니라 실제로 실현되어야 한다. 내게 돈이 있다면, 기부니 뭐니 그런 거 안 하고 가난한 이들에게 여행 비용을 제공하겠다. 그런데 이런 생각을 하다 보니 기분이 더 나빠졌고 시간이 아까워졌다. 특히 내가 내세에 더 나쁜 환경에서 태어날 수도 있다고 생각하니, 망상이 멈췄다!

그러다 노희경 작가의 드라마 〈우리들의 블루스〉를 봤다. 극 중 영옥(한지민)은 바다를 좋아한다. 거기서는 혼자이기 때문이다. 바다 속에는 평생을 돌봐야 하는 다운증후군 쌍둥이 언니 영희(정은혜)가 없다. 어릴 때 부모님이 돌아가신 후부터 그는 언니를 홀로 부양해야 했다. 몸에 철근을 두른 듯한 부담감과 그래서 바다에서는 혼자인 해방감. 나는 아주 조금 이해한다. 그는 울먹이며 연인에게 말한다. "억울해. 왜 나한테 저런 언니가 있는지. 억울해. 왜 우리 부모님은 착하지도 않은 나한테 저런 애를 버려두고 가셨는지. 억울해. …… 나도 이렇게 억울한데, 저렇게 태어난 영희는 얼마나 억울하겠어." 그렇다. 내세를 바라는 게 아니라 이러한 태도가 정의다. 내 삶에 불만을 가지기보다 "다른 사람은 얼마나 억울하겠어" 생각하는 것. 이렇게 생각하니, 내 주변이 다시 보인다.

당대는 '평등'을 위해 싸울 수 있는 시대가 아니다. 혁명도, 개혁도, 민주주의도 없다. 나는 티모테 샬라메나 아미 해머(미국에서 손꼽히는 부자 집안 출신이다)가 아니다. 유물론자인 나의 태도는 내세를 기도하기보다 현실의 작은 행복에 감사하며, '어려운' 처지인 사람들과 상부상조, 상호 의존하는 것이다. 남부 유럽의 햇살은 〈내셔널지오그래픽〉으로 보기로 했다.

인간의 조건에 맞는
바람직한 사회

나라야마 부시코

이마무라 쇼헤이 감독의 〈나라야마 부시코(楢山節考)〉. 제목의 나라야마(楢山)는 극중에 등장하는 산 이름이며 부시코(節考)는 노래다. '나라산의 노래(The Ballad Of Narayama)'라는 뜻이다. 일본의 인류학자 감독으로 불리는 이마무라 쇼헤이의 1983년작으로 칸영화제 황금종려상을 수상했다. 지금은 일본 영화, 드라마, 게임이 넘쳐나지만 한국 사회의 일본 대중문화 개방은 1990년대 말, 거의 2000년대부터 시작되었다. 그 과정에도 많은 논란이 있었고, 외국 유수 영화제에서 검증받은 명작들부터 조용히 들어왔다. 그 전까지 일본 감독이나 일본 영화는 '어둠의 세계에서' 마니아들의 연구 대상이었다.

일본 대중문화 개방의 첫 세대 영화 중 〈나라야마 부시코〉는 우리의 식민지 콤플렉스와 별개로—일본 영화를 보면 친일인가?—반드시 봐야 할 걸작이다. 편안한 화면은 아니지만, 나는 이 영화를 여러 번 보았고(주로 후반부), '분명한 현실 인식'이 주는 안도와 평화를 느낄 수 있다.

생활의 법칙

영화는 19세기경 일본 동북부의 오지 산골을 배경으로 했다지만, 관객이 보기엔 시공간을 알 수 없는 '원시 사회' 같다. 처음 내 인상도 그랬다. 이 영화에 대한 선입견은 '원초적 본능', 고려장…… 이런 이미지가 많은데, 실제 영화는 그런 주제도 내용도 아니다. 기후 위기, 인구학, 문명론, 진화론(생물학), 나이 듦, 노동력, 인간의 본질적 조건에 관해 토론한다면 이만한 텍스트가 없다. 충만한 평화. 이 영화에 관한 나의 키워드는 평화로움, 지혜, '질서'다.

영화 속 마을 사람들은 척박한 환경에서 농사를 지으며 자급자족하며 살아간다. 국가를 비롯한 외부적 요인은 드러나지 않는다. 농사는 자연 환경에 철저히 의지한다. 수확물은 인간의 마음대로 되지 않는다. 그래서 먹을거리가 인간 생활의 룰, 인간의 조건을 정한다. 실은 이것이 정상이고, 이른바 계획 경제, 사회주의 경제. 인구와 먹을거리의 비율을 맞춰야 한다. 자연이 주는 만큼만 받아들여야 한다. 재고가 남지 않도록 최소한으로 지구를 빌려 써야 한다. 비교 우위 논리, 각 지역에서 많이 생산되는 상품을 교환하자는 무역의 원리는 그럴싸해 보이지만, 제국주의 경제학의 시작이었다. 매번 뉴스가 되는 농산물 수입 협상이 그 갈등의 첨단이다. 자본주의의 식량 거래인 대량 생산, 대량 소비, 넘쳐나는 음식 쓰레기, 유통을 위한 대기업들의 농산물 저장은 실상은 매우 이상한 일인 데다 인간과 지구가 동시 멸망하는 지름길이다.

이 마을 주민들의 생존을 위한 가장 중요한 법칙은 식량을 도둑질한 이들을 엄벌에 처하는 것이다. 타인의 먹을거리를 훔치는 행위는 살인과 같기 때문이다. 먹는 입을 최대한 줄이기 위해 일가족 중 오로지 첫째 아들만 결혼하여 아이를 낳을 수 있고, 그나마도 갓난아기들을 버려서 죽이는 일이 많다. 결혼하지 못하는 대다수 남성들은 수간을 하기도 한다. 이 영화에서 강조하는 바는 인간의 생명, 생명의 고귀함이 아니다. 휴머니즘은 인간들 사이에서 지켜야 할 법칙이지, 자연을 대상으로 한 인간 중심적 휴머니즘은 천벌을 받을 일이다(그에 맞게 우리는 지금 팬데믹 시대를 살고 있다). 내가 본 이 영화의 주제는 자연이 내주는 식량에 맞게 살라, 그것이 인간의 조건이라는 얘기다.

이 마을에서는 노동으로 획득한 작물만 먹을 수 있다. 그래서 게으른 자는 악이다. 자연의 것을 취하지 않아야 한다는 것이다. 동물과 식물의 근본적인 차이인데, 동물은 자기 몸 외부의 것을 빼앗아야만 생존할 수 있다. 의존적인 존재다. 독립성이 없는 것이다. 이에 반해 식물은 태양, 공기, 물, 흙의 도움을 받아 스스로 생명을 유지한다. 심지어 식인종처럼 자신의 일부인 부엽토가 가장 좋은 식량이다. 그래서 나는 식인종을 나쁘게 생각하지 않는다. 가축의 사체를 냉동해서 유통시키지 말고, 인간의 시체를 나누어 먹어야 한다. 부엽토의 원리와 마찬가지로 인간에게 가장 좋은 먹을거리는 소화, 흡수가 잘 되는 인간의 몸이다. 이미 성형, 정형외과에서 이루어지고 있는 행위다(피부 이식).

이 영화의 하이라이트, 갓난아기를 죽이는 것과 마찬가지로 장남은 부모가 70세가 넘으면 부모를 등에 업고 나라야마라는 산의 꼭대기에 올라서 두고 온다. 부모를 산에 '버리는' 것이 아니다. 생존 방식일 뿐이다. 산에 남겨진 노인은 곡기를 끊음으로써 공동체를 위해 삶을 마감한다. 자연과 인간의 생존이 완벽한 조화를 이룬다. 마지막 장면은 장엄하다. 나이 든 인간을 산에 버리는 불효가 아니라 식량에 맞게 인구를 통제하는 절차일 뿐이다. 지극히 인간적인 행위다. 오히려 가장 비인간적인 행위는 산업 재해나 여아 낙태로 사람을 죽이는 고도로 발전한 자본주의 시스템이다. 이 영화는 인간의 관점이 아니라 자연의 관점에서 자연의 일부분일 뿐인 인간의 바람직한 삶을 보여준다.

인간이 지구를 정복하고 대상화하고 이용하는 행위를 문명이라고 한다. 이는 망상이다. 실제 우리는 자연에 '빌붙은' 작은 존재일 뿐이다. 팬데믹은 지구의 경고이며, 지속될 것이다.

아마도 생물학처럼 오해받는 학문도 없을 것이다. 생물학은 본질주의가 아니라 그 반대다. 진화론에 기반한 생물학은 글자 그대로, 생물과 환경(문화)의 상호 작용을 연구하고 그 과정에서 생명체의 변화를 연구하는 학문이다. 적응과 조화가 핵심 원리지, 약육강식이 아니다. 생물은 자신의 생활 환경에 적응하면서 단순한 것으로부터 복잡한 형태로 진화하며, 생존 환경에 적합한 것은 살아남고 그렇지 못한 것은 도태한다는 것이다. 환경과 상호 작용에 성공한 생명체가 생존이라는 자연 선택을 받는다는 것이 적자(適者)생존의 법칙이다. 이 같은 진화를 과학적 사실로서 확신시킨 사람이 다윈이다. 약육강식이 자연의 법칙이라면, 지구에는 어떤 생물도 남아 있지 않을 것이다.

인간의 본질은 몸의 사라짐

인간은 사회적 존재이면서 동시에 생명체로서 지구의 일부분이다. 이것이 인간의 조건이지만, 더 근원적인 법은 생사의 법칙이다. 생로병사는 누구에게나 절대적이다. 그래서 사회적 삶에 지나치게 의미를 부여할 때, 나도 타인도 지구도 망한다. 중년이 되면 지인들의 부고가 흔해지고 체력이 예전 같지 않다. 나의 죽음, 남의 죽음(간병 '스트레스')에 대해 생각하지 않을 수 없다. 어느 시대나 질병과 죽음에 대한 공포가 최고의 통치 방식인 이유다. 생각하기 나름이다. 이 통치를 거부해보자. 지구는 인간의 죽음에 관심이 없다. 지구에게는 파괴를 일삼는 골치 아픈 존재의 졸(卒). 인간의 죽음은 사자에게는 안식이고 지구에게는 온전함을 선사한다. 죽음만 한 평화가 없다.

나이가 들면 "나는 뭘 하며 살았나", "그래도 너는 뭔가 이룬 게 있잖아" 같은 대화가 오간다. 가장 성숙하지 못한 접근은 나이 듦에 대한 타자화다. 나이가 들면 경험, 성숙, 세월의 멋, 지혜 등이 저절로 따라오는 것처럼 말하는 방식이나 반대로 노추(老醜), 노욕에 대한 노골적인 경멸이나 '곱게 늙음'에 대한 강박과 칭찬이 난무한다. 나이 듦에 대한 타자화란 긍정적이든 부정적이든 특정 연령대에 대한 임의적 규정이다. 앞에 적은 특성들은 개인차일 뿐이다. 나는 어렸을(?) 적부터 "곱게 나이 들어야 한다"는 말이 싫었다. 일단 돈과 건강, 외모가 뒷받침되어야 하는 얘기인 데다, '곱다'는 말이 무슨 뜻인지 모르겠다. 나이 든 사람의 정당한 분노는 '곱지 않다'. 그들의 '지나친 의욕'도 거북하다. 나이가 들면, "이러지 말아야 한다. 저래야 한다"는 통념에 시달린다. 이는 폭력이다. 성장이 멈추는 시간부터 바로 노화다. 인간은 20대부터 노화가 시작되며, 25세부터 허리가 굽는다. 나이 듦은 평생의 과정이라는 얘기다. 나이 듦에 대한 찬양도 기피도 모두 차별이다. 나이 듦을 생명체의 본질로 받아들이기보다 온갖 특성을 갖다 붙이는 것은 사회적 담론의 결과다. 평균 수명, 생애 주기가 시대와 지역마다 다른 이유는 노화 담론의 역사성의 분명한 증거다.

기후 위기. 당대 지구 파괴는 인간이 자신의 두 가지 실존적 조건 중 사회성에 지나친 의미를 부여한 결과다. 근대 자본주의 체제가 요구하는 바람직한 인간형은 의지를 지니고 의미를 추구하는 생산적인 사람이다. "호랑이는 가죽을 남기고 인간은 이름을 남긴다"를 구체적으로 생각해보자. 이름을 남기려면 평생 노력해야 한다. 노력이 성공으로 이어지지도 않는다. 노력하는 사람, 좌절하는 사람, 그 주변 사람 모두 불행하다. 게다가 이젠 타인의 성공을 인정하지도 않는다. 과정이 불공정하기 때문이다. 운이 없는 경우, 최선의 노력이 최악의 결과를 초래할 수도 있다.

'호랑이 가죽'은 더할 나위 없는 인간의 수치다. 인간은 지구상의 그 어떤 생명체의 가죽을 취할 자격이 없다. 모든 생명은 태어난 모습대로 자연의 일부로 돌아가야 한다. 장기나 피를 팔아야만 하는 처지의 사람들이 증가하면서 "인간은 이름을 남긴다"도 예외가 많아졌지만, 대개는 다양한 형태의 입신양명이나 최소한 회고록이라도 남겨야 한다는 사고방식을 말한다. 역사에 이름을 남기기 위해, 타인과 자연을 해치고 자신의 일상을 포기하는 인생은 얼마나 끔찍한가.

인간이 지구의 주인으로 등극한 지난 1~2세기에 문명화 논리와 과학의 발달은 인간 조건의 균형을 깨뜨렸다. 페루의 대왕 오징어가 한국의 진미채로 만들어지는 과정에서, 북극 얼음이 녹는다. 만물의 영장을 자처한 인간 때문에 인구 증가, 불평등, 극단의 양극화와 함께 얼음이 정말로 급격히 녹기 시작했다. 남극과 북극의 빙하가 녹으면서 일어나는 현상이야말로 완벽한 세계화(globalization)다. 물은 지구에서 가장 강력한 물질이다. 이 현상은 물을 매개하기 때문에 전 세계 곳곳에 예외 없이 스며든다("물 샐 틈 없이"가 언제나 안보 담론과 짝을 이루는 이유다).

지금 인간이 자신과 지구를 살리는 길은 아무 일도 하지 않는 것이다. 생태사회주의가 주장하는 탈성장만이 답이다. 내겐 서울의 강남 좌파든 강남 우파든, 열심히 사는 부자들의 인생이 최악이다. 이들은 자연 파괴를 가족 단위로 세습한다. 인간의 존재 의미는 사회적 성취가 아니라 생명체로서 도리, 자연과의 관계에 있다. 역사의 수레바퀴는 전진한다? 역사적 평가에 맡긴다? 여기서 역사는 발전주의에 기반한 근대 역사주의의 산물이지, 사실이 아니다. 혁명은 역사의 기관차가 아니다. 이제 혁명은 질주하는 자본주의를 멈추게 하는 브레이크여야 한다. '무의미한 인생'이야말로 '없는 우리'의 최고 무기다. 기존의 역사는 상대화하면 그만이고, 특히 인간은 아무리 위대한 인물이라도 타인을 오래 기억하지 않는다.

저출생을 문제 삼는 이유는 남성 중심의 인구학에 기반한 국가주의적 사고방식이다. 인구가 많아야 할 이유가 무엇인가. 저출생에도 여전히 한국의 '고아 수출'은 변함이 없다. 노동력? 실업으로 고통받는 젊은이들, 중년에 인생 '이모작'(이 단어는 틀렸다. 인생은 사계절이 아니라 동일한 가치를 갖는 연속의 시간이다)을 모색하는 이들이 태반인데, 왜 노동력을 걱정하는가. 지금 한국 정부의 무지로 인해 엉뚱한 곳에 저출생 예산을 퍼붓고 있다. 가장 확실한 답은 수도권 분산으로 '인구 소멸' 지역을 줄이는 것이다.

나는 정책 관련자들이 이를 모를 리 없다고 생각한다. 다만 수도권에 부동산을 가진 자들의 이익이 걸림돌일 것이다. 저출생은 1970년대 '가족계획'과 달리, 출산을 강요할 수 없기 때문에, 발상의 전환이 없으면 절대 해결되지 않는 매우 바람직한 현상이다. 낮은 출생률은 《총, 균, 쇠》의 저자 재러드 다이아몬드의 지적대로 행운이다. 한국 여성들은 그 행운을 주도했다. 2021년, 가임 여성 한 명이 '평생' 낳을 것으로 예상되는 평균 출생아 수인 '합계 출산율'이 0.81명으로 OECD 회원국 중 유일하게 1명을 밑돌고 있다.

가부장제 사회에서 출산은 여성의 자유가 아니라 성역할로 간주된다. 한국 여성들은 출산이라는 성역할을 거부함으로써 (출산 파업), 기후 위기와 식량 문제에 가장 큰 기여를 하고 있는 것이다. 이는 공사 영역에 걸친 여성의 이중 노동, '독박 육아', 강제적 모성을 강요해 왔던 가부장제 사회 자신의 부메랑이다. 현대 사회에서 여성은 사람을 죽이지 않는 방법—전쟁과 같은 남성 문화—으로 스스로의 힘으로 인구를 조절할 수 있는 가장 중요한 행위자가 되었다.

낮은 출생률에 대한 남성 사회의 공포는 16~18세기 유럽의 절대 왕정에 대한 저항으로서 근대 국가를 염원하는 이들이, 국가의 개념을 정립할 때 나온 국가의 3대 요소(주권, 영토, 국민)가 있다는 신화의 산물이다. 세 가지가 일치하지 않는 국가도 많고, 인구가 적다고 무조건 '후진국'도 아니다. 국민을 '총알받이', 병사, 소비자, 생산적인 노동자로 동원하지 않고 인간으로 존중하는 공동체에서 출생률은 그리 중요하지 않다. 지금 인구는 근대에 이르러 급격히 증가한 것으로 자연적 현상이 아니다.

다시 〈나라야마 부시코〉로 돌아가보자. 대개 자살을 '극단적 선택'이라고 하는데, 자살은 극단적이지도 않고 선택도 아니다. 암으로 사망한 이들에게 극단적 선택이라는 용어를 사용하지는 않는다. 자살은 의지의 산물이 아니라 의지가 고장 난 질병의 결과다. 나라야마에 올라간 사람들은 생명체로서 가장 편안한 자연으로의 귀향길에 오른다. 나는 마지막 장면—죽음—에서 설레기까지 했다. 이 선택은 자유주의적 발생도 아니고 강제도 아니다. 장남이 부모를 업고 산에 오르는데, 부모를 그렇게 할 수 없어서 공동체에서 쫓겨나는 남성도 있다. 이 영화의 주인공 여성 노인은 득도한 듯 의연하게 죽음을 맞이한다.

우리가 죽음을 두려워하는 이유는 본성이 아니라 사회적 '세뇌' 때문이다. 에고가 공포를 가져온다. 가볍고 조용한 죽음. 인간의 존엄, 죽음의 철학에 관한 최고의 영화다. 역대 칸에서 상을 받은 영화 중에서도 최고로 평가하는 이가 나뿐만은 아닐 것이다.

글쓰기와 자아

소셜포비아

홍석재 감독의 〈소셜포비아〉(2014년)는 인터넷 세계를 다룬다. 이 시대에 인터넷을 '진짜' 현실이 아닌 '가짜' 현실이라고 생각하는 이들은 거의 없을 것이다. 기술의 발전은 가상 현실(virtual reality), 즉 '그럴듯한, 사실상의, 현실과 다름없는, 실질적으로, 잠재적인 현실'의 의미를 최대한 확장하고 있다. 이제 가상은 '假像(거짓된 형상), 假想(가정적 생각), 假相(불교의 헛된 현실 세계)'이라고 해도 모두 말이 된다. 특히 이 영화처럼 온라인에서 싸우던 사람들이 오프라인의 상대방을 찾아갔다가 벌어지는 이야기는 더욱 그렇다(물론 이 영화에서 그리는 여성 한 명 대 젊은 남성 무리의 만남은 온라인/오프라인의 평등성을 무너뜨리는 여성에 대한 폭력이다).

이 영화에 대한 몇 가지 '선입견'이 있다고 생각한다. 이 영화는 '현피'(온라인상에서 다툰 당사자들이 실제 현실에서 만나 싸우는 것. '현실'의 앞 글자인 '현'과 'Player Kill' 혹은 'Player versus Player'의 앞 글자인 'P'의 합성어), '키워'(온라인상에서 욕설, 비방, 험담을 거침없이 하는 자들인 키보드 워리어Keyboard Warrior의 준말), '안구 정화'(주로 여성의 사진으로 남성이 하는 눈요기) 같은 모르는 단어, 험악한 표현, 줄임말에 익숙하지 않은 기성세대(?)나 인터넷 커뮤니티나 온라인 게임을 자주 하지 않는 사람에게는 '어려운' 작품이라는 것이다. 영화의 각본을 쓴 감독도 인터넷 세계를 '공부'했다고 한다. 그러나 매체 사용 여부가 곧 매체의 특성을 인식할 수 있는 전제는 아니다. 도구(매체)는 인간의 조건을 바꾼다는 사실, 그리고 그 효과에 대한 사회적 인식을 공유하는 실천이 중요하다.

인터넷 환경은 기술적, 담론적으로 나날이 발전하고 있다. 〈소셜포비아〉가 제작되던 2013년의 인터넷 용어들은 거의 공용어가 되었고('현피'는 개방형 우리말 사전인 '우리말샘'에 나온다), 매일 새로운/끔찍한/기발한 용어와 이벤트가 쏟아지고 있다. 대부분은 접근하기조차 두려운 고통스러운 언어다. 이 영화가 불편한 관객층은 인터넷 용어를 따라잡을 수 없는 기성세대가 아니다. 아이디를 몇 개씩 가지고 있으며, 거의 하루 종일 키보드 노동에 전념하는 사람들은 이 영화를 모르거나 볼 가능성이 적다. 이 영화가 불편하거나 이해되지 않는 이들은 서구를 추격

해야 한다는 식민성에 기반한 발전주의자이되 어느 정도의 공공성은 유지되어야 한다고 믿는 진보 진영일지 모른다.

〈소셜포비아〉는 제작하는 인간, 즉 도구를 만들고 사용하는 인간(호모 파베르)의 특성, 특히 자기 몸의 확장성을 직면하는 작품이다. 그래서 '환경 영화'이기도 하다. 체르노빌과 후쿠시마 같은, 인간이 만들었으나 통제할 수 없는 과학 기술의 재앙은 더는 남의 일이 아니다.

또한 이 영화는 한국 사회의 지식인들이 외면하거나 무지한 분야인 매체의 정치경제학과 문화 권력에 관한 뛰어난 작품이다. 아마 지그문트 바우만이나 레오니다스 돈스키스 같은 이들이 이 영화를 본다면, 한국 사회에 대해 이렇게 쓰지 않았을까. 이 시대(신자유주의)의 악마는 다이소와 SNS 그리고 '몰카'(몰래카메라)라고.*

영화적 완성도도 뛰어나다. 스토리텔링의 짜임새, 화면의 윤리성, 연기, 연출 모두 좋다. 2억 원의 제작비와 102분의 상영 시간으로 신자유주의, 매체의 정치경제학, 변화하는 윤리와 자아, 개인, 젠더, 대중 개념까지 근대성의 거의 모든 키워드를 연결(arrangement)한다. 그 연결도 매우 흥미롭다.

---

* 바우만과 돈스키스는 대담집 《도덕적 불감증》(2013년)에서 근대(현대)라는 '유동적' 세계에서 악의 모습을 페이스북과 이케아에 빗대어 설명한다.

1인 매체와 인간의 조건

일본의 젊은 연구자 다카하라 모토아키는 2006년《한중일 인터넷 세대가 서로 미워하는 진짜 이유》를 썼다. 이 책은 한·중·일 젊은이들이 자신에게 닥친 실업 문제를 인터넷을 통해 어떻게 자체 해결(도피)하는가를 보여준다. 다카하라 모토아키는 인터넷 한·중·일전(戰)을 '불안형 내셔널리즘'이라고 명명한다.

저자는 한·중·일 청년들이 각국의 본격적인 글로벌 자본주의화 과정에서 저항 대신 자신을 해고한 바로 그 기술(인터넷)을 사랑한다고 지적한다. 이 도구로 내셔널리즘만 한 것은 없을 것이고, 그 효과는 막강했다. 결국 자기 사회의 경제적 현실을 은폐하는 장치로 작동했다. 키보드 노동에는 시간과 열정이 필요하다. 그럴 만한 시간이 있는 사람들의 문화다. 게임 중독이나 혐오 발화는 '인간성 타락'이 아니라 실업 문제다.

많은 이들이 SNS의 장점은 살리고 단점은 극복하자고 말하지만 매체, 미디어는 그 자체가 메시지, 즉 정치다. 이른바 '바람직한 방향' 혹은 자신과 입장이 비슷할 경우(촛불 시위, 페미니즘……)에는 장점을 극대화하고, 반사회적 현상(몰카, 혐오……)에 대해서는 법적 제재나 '새로운 휴머니즘'이 필요하다고 주장한다. 문제는 이러한 대책이 불가능하다는 데 있다. 누구도 타인의 도구 사용을 원천적으로 금지할 수 없기 때문이다. 더구나 완전히 대중화되어 개인 소지품이 된 컴퓨터를 규제한다는 것은 불가능하다.

또한 그 어떤 도구도 장단점이 있다. 발명 전부터 나쁜 동기를 가진 매체는 없다. 각자의 입장에서는 모두 좋은 뜻이었거나 그런 의도였다고 강변한다. 노벨이 다이너마이트를 발명한 동기는 사람들의 고된 노동에 대한 안타까움이었지만, 결국 노동자들은 일자리를 잃었다. 다시 말하지만 우리가 논의해야 할 문제의 핵심은, 핵무기든 다이너마이트든 콘돔이든 SNS든 이 모든 '오브제'가 인간의 삶을 바꾸었다는 점이다.

나는 인류의 생활을 근본적으로 변화시킨 발명품을 꼽으라면 인쇄술, 콘돔, 인터넷을 들겠다. 콘돔은 인구 조절과 인류의 반 이상인 여성을 평생 동안의 임신과 육아에서 해방했으며, 인쇄술과 인터넷은 인간의 언어와 그에 따른 총체적인 구조 변동(국가의 출현 등)을 가능케 했다. SNS는 혁신적인 매체다. 그만큼 중요하다. 은행 건물도 없는 아프리카의 내전 국가에서 스마트폰을 가진 몇몇 부자들은 인터넷으로 국제 금융 시장에서 주식 투자를 하고 돈을 번다. 포스트스페이스, 포스트휴먼의 시대다.

SNS의 평등주의?

몇 년 전에 SNS에 대해 비판적인 글을 쓴 적이 있는데, 어느 '명망 있는 남성 지식인'이 내 글에 대해 (분노에 가까운) 혹평을 했고, 그의 페이스북에 많은 사람이 '좋아요'를 누른 사건이 있었다. 지인이 '좋아요'를 누른 사람들 중에 내 친구까지 있다고 전해줘서 놀라지 않을 수 없었다. 그들의 요지는 "당신(나)은 신문 지면을 갖고 있으므로 매체가 있는 기득권자이고, 그렇지 않은 사람들에게는 SNS가 지면이므로 이를 비판하는 것은 이기적"이라는 것이다. 이들에게 SNS는 평등과 민주주의를 상징한다.

사람들이 왜 이런 생각을 하게 되었을까. 바로 1인 매체의 등장이다. 경우에 따라 다르겠지만, 주업으로 SNS에 글을 쓰는 사람과 어느 정도 '평가받은' 단행본을 10권 정도 낸 사람의 삶과 인생고(人生苦)는 같지 않다. 그런데도 SNS 문화는 후자는 기득권자이므로 '골고루 평등'을 위해 더는 글을 쓰지 말아야 한다고 주장한다.

SNS에서 자기선전 후 오프라인에 픽업되어야 하기 '때문에' SNS가 필수적인 사람들이 있다. 이미 신문을 비롯한 기존 매체들은 이른바 오피니언 리더들의 페이스북을 수시로 드나들면서 그 글들을 기사화한다. 취재가 필요 없는 세상이 다가오고 있다. 페이스북에 쓴 글을 책으로 묶어내는 일도 심심찮다. 내가 강조하고 싶은 사실은 이러한 현상의 바람직 여부가 아니라 자아실현, 자기선전 도구로서 SNS의 절대적 유용성이다.

하지만 누군가가 몇 년 이상의 노력과 노동, 비용을 기울인 저작에 대해 '최악', '저질', '친일' 등의 댓글 테러로 그 텍스트들이 평가의 기회조차 얻지 못한다면, 우리 모두에게 그런 힘이 있다면 디스토피아가 아닐 수 없다. 이러한 형태의 '자아실현'이 만연한 사회라면 공동체는 무너질 것이다.

이전 시대에 절대적인 권력을 행사하던 종이 신문보다 인터넷이, TV보다 유튜브가 대세인 시대에 개인의 노력과 능력 차이는 중요하지 않게 되었다. 이는 사회 정의로서 평등이 아니라 추상적 개인(individual)인 인간이 모두 같다는 '하나의 덩어리로서 평등(sameness)', 즉 전체주의다. 평등은 지구 위 70억 명 인구가 모두가 같다는 의미가 아니다. 평등은 구조적 불평등에 저항하는 것이지 개인의 개별적 노력을 부정하는 것이 아니다.

똑같은 평등. 이것이 역설적으로 온라인 공간에서 혐오가 허용되는 이유다. 성별, 인종, 나이에 따른 차별이 있지만 그것은 중요하지 않다. 차별을 인식하고 사회를 바꾸는 대신 차이가 없어졌다고 생각한다. 그래서 '남혐'이나 '여혐'이나 다 똑같고, 억울하면 너도 혐오 발화를 하라는 식이다. 성 소수자를 혐오하는 페미니즘이나 이에 반대하는 페미니즘이나 모두 같은 페미니즘이라는, 인류 역사상 유례없는 페미니즘'들'이 한국 사회에 등장했다.

온라인에서 '차이' 혹은 위계를 결정하는 요소는 단 한 가지다. 강한 멘털. 사회성과 타인, 인간관계를 무시하는 정신 승리, 어떤 공격에도 굴하지 않는 강심장, 거침없는 뻔뻔함, 누가 더 '기'가 세고 거짓말을 잘하는가이다. 혐오 발화의 능력도 바로 이 무신경함에 달려 있다. 타인의 고통이나 감정에 민감한 사람은 '루저'가 된다. '홍어'(전라도 사람을 비하하는 말)나 '오뎅'(세월호 희생자를 비하하는 말) 같은 슬프리만치 끔찍한 비인간적 발화는 신자유주의 시대가 찬양하는 극한의 비윤리성에서만 가능하다. 〈소셜포비아〉의 채팅 장면과 배우 류준열의 명연이 돋보이는 카메라의 시선은 이에 대한 감독의 비판 정신을 정확하게 보여준다.

역사상 가장 '위대한' 개인의 시대

페이스북 설립자 마크 저커버그도 SNS가 '논쟁', '민주주의'의 장이라고 생각하지 않는다. 그는 자기 딸에게는 13살까지 SNS를 금지할 것이라고 말했다. 내 경험에서 보면, SNS에서 하는 설전은 만나서 이야기하면 해결될 '사소한' 문제를 관중을 모셔놓고 마치 검투사처럼 논쟁(?)을 벌임으로써 공연을 하는 듯하다. 대화를 통해 '진실'을 밝히기보다 여론전에 주력하는 것이다. 이때 승패는 키보드 속도와 상대방에게 효과적으로 모욕을 줄 수 있는 능력, 꼬투리 잡기, 열 받게 하는 능력에 달려 있다.

SNS의 특징은 속도가 아니라 누구나 가질 수 있는 1인 미디어라는 데 있다. 이를테면 '인터넷 유명 인사(celebrity)' 한 명이 때론 국영 방송사보다 더 큰 힘을 가질 수 있다. 실제로 트위터의 경우 어느 유명 지식인의 팔로워가 100만 명에 육박했는데, '6대 종합 일간지' 중 모 신문사의 팔로워는 60만 명 정도였다. 민주노총의 트위터 팔로워 수보다 매스컴 플레이에 익숙한 어느 '노조 활동도 하지 않는 스타 노동자'의 팔로워 수가 몇 배 더 많았다. 이 노동자는 자신의 SNS 파워를 이용해 사적 이익을 취하기 위해 노조의 합의된 공식적 입장을 두고 거짓 선전을 반복했다.

인류 역사상 이렇게 개인의 힘이 극대화된 시대가 존재했던가. 어느 누가 이 무한한 자기 만능감을 선사하는 이 매체를 포기하겠는가. 스마트폰은 이미 우리 몸이다. 마셜 매클루언의 명언대로 "미디어는 우리 몸의 확장이다." 게다가 규제도 없다. 근거 없는 비난, 혐오 표현, 신상 털기 모두 완벽하게 가능하다. 피해를 본 사람들은 "무시해라, 집착 마라", "탐라(타임 라인)일 뿐이다", "SNS에 들어가지 말라" 같은 '위로' 혹은 비난을 들을 뿐이다. SNS의 '부작용에 대한 무시'는 해결이 아니다.

홍석재 감독은 《씨네21》 인터뷰에서 "이들을 괴물로만 보지 말아 달라"고 말했지만 이들은 이미 '괴물'이다. 우리는 온라인에서 끔찍했던 이가 오프라인에서 지극히 평범하거나 사회적 지위가 높은 사람인 사건들을 알고 있다. 문제는 나를 포함해 인간은 모두 그럴 가능성이 있다는 사실이다. 사실 나는 온라인의 피해자도 피해자지만, 더 근본적으로는 '사용자(가해자)'가 SNS를 통해 자신을 구성하고 사회를 만들어가는 방식에 관심이 있다.

〈소셜포비아〉는 근대 초기 신분 사회로부터 해방된 자유주의적 개인이 이후 백 년이 지나자마자, 신자유주의적 각자도생의 개인으로 변화하는 모습을 보여준다. 자기 통치자로서 개인의 힘은 막강해졌지만, 사회적 자아는 모두 자본에 종속되었다. 각자도생 시대의 개인의 자유는 통치 원리인 '힘센(비윤리적인) 개인'의 등장이며, 결국 개인과 공동체 모두를 파괴한다.

〈소셜포비아〉의 착목 지점, 글쓰기

1인 매체의 시대. 매체만으로는 완전히 평등하고, 나의 행동에 책임지지 않고, 어떠한 노력도 필요 없는 시대. 누구나 판관, 감별사, 평론가가 될 수 있는 시대. 그런데 이들이 오프라인으로 나올 때 혹은 두 세계를 병행할 때 〈소셜포비아〉의 여자 주인공 민하영 같은 캐릭터가 등장한다. 감독의 영리한 선택이 아닐 수 없다. 영화 대사 그대로 "에고는 강한데 그 에고를 지탱할 알맹이가 없는" 사람. 타인을 비난하는 데 익숙하지만, 자신이 욕먹는 건(코멘트를 받는 건) 절대 견딜 수 없는 사람. 그는 대학에서 글쓰기 수업 강의를 듣는 학생, 작가 지망생이다.

글쓰기의 정의는 이견이 없다. 글은 '자기' '생각'을 '표현(재현)'하는 '노동'이다. 자신을 아는 일은 일생에서 가장 어려운 법이고, 생각하기는 가장 외로운 작업이다. 글쓰기는 중노동이다. 글쓰기는 두렵고, 어렵고, 책임이 따르는 일이다. 그러나 그만큼 수입으로 연결되지도 않는다. 그런 면에서 SNS에서 글쓰기는 자본의 입장에서 너무도 손쉽고 이익이 막대한 돈줄이자 중우(衆愚) 정치다. 키보드 사용자의 노동과 시간은 고스란히 '구글'이나 '삼성'이 가져가지만, 우리는 기꺼운 마음으로 그들에게 우리의 영혼을 바친다. 그 대가는 무엇인가?

SNS에서 글쓰기는 매체의 특성상 기본적으로 자기선전, 자기주장, 자기도취에서 자유로울 수 없다. 자기 조작을 넘어 자기 망상으로 진화하는 경우도 숱하다. 나중에는 자신이 누구인지 알기 어려우며, 알고 싶지도 않다. 나는 어느 축구 감독의 말대로 "SNS는 인생의 낭비"라고 생각하지는 않지만, SNS 헤비유저라면 '지식인'이라고 말하기 어렵다고 생각한다.

SNS에서는 자신을 아는 것이 중요하지 않고, 요구받지도 않는다. SNS에서의 자아와 현실에서의 자아는 다르다. 일상적 공간에서도 다른데(예를 들어, 혼자 있을 때와 여러 사람이 같이 있을 때), 관음증과 노출증을 전제로 하는 공간에서 '진정한' 자아 찾기는 불가능하다. 〈소셜포비아〉의 여자 주인공이 타인의 코멘트를 극도로 기피하는 것은 조금도, 부분적으로도 (타인에 비친) 자신을 알고 싶지 않기 때문이다. 하지만 글쓰기의 욕망은 포기하지 못해서 온라인으로 도피한다. 만일 그가 온라인이든 오프라인이든 한 곳에서만 글쓰기에 매달렸다면 그런 사고는 일어나지 않았을 것이다.

이 영화의 주제를 압축하는 대사를 보자. "대한민국에 간첩이 몇 명이게? 5만 명이야. 5만 명. 걔들이 어떻게 안 걸리는 줄 알아? 진짜 좋은 방법이 있거든. 지들이 머리끝부터 발끝까지 빨갱이면서 빨갱이를 잡겠다고 설쳐대는 거지." 이것은 현재 한국 사회에서 개인들이 각자 누구인 줄 모르고 좌충우돌하면서, 그라운드 제로에서 서로를 외면한 채 똑같은 제복을 입고 뫼비우스 띠의 선상(線上)을 헤매는 장면에 대한 묘사다. 우리는 자신이 '간첩'인 줄 모르는 간첩들이다. 모두 개성 있는 다름(distinction)을 주장하는 개인들이되 실은 똑같다. 개별적으로 자본에 포섭되어 자기가 누군지 모른다. 모두가 모두의 아바타다.

어떻게 살 것인가. 인쇄물(책)을 소환할 때다. 지금으로서는 잠시 SNS을 중단하고 오프라인에서 글쓰기가 유일한 저항처럼 보인다. 너 자신을 알라. 생각을 하라. 죽도록 연습하고 표현하라. 그런 점에서 영화의 백미는 글쓰기 수업 파트다. 소셜 네트워크의 본질을 꿰뚫는 감독의 통찰력과 영화를 만드는 뛰어난 '작전 구사력'이 돋보인다.

3장

타자의 목소리,
나의 목소리

포스트모더니즘과
고레에다 히로카즈

아무도 모른다, 어느 가족

내가 처음으로 본 고레에다 히로카즈 감독의 영화는 〈아무도 모른다(誰も知らない)〉(2004년)이다. 그 영화를 보고 나서 나는 그를 '연구'하기로 했다. 그는 보기 드문 '자기 현장'의 지식인 이다. 나는 오키나와의 미군 기지 반대 운동을 계기로 처음 일 본을 방문했다가 충격을 받았고, 일본은 지구상에서 가장 독특 한 근대를 실현한 국가라고 생각했다. 늘 보던 일본 영화가 다 시 보이기 시작했다.

일본의 석학, 도미야마 이치로는 일본을 일본이라고 쓰지 않 는다. '일본'이라고 쓴다. 다른 국가도 마찬가지지만 일본은 실 재하지 않는다는 얘기다. 이 글의 제목은 해리 하루투니언과 마 사오 미요시가 엮은 유명한 일본학 입문서(?) 《포스트모더니즘 과 일본》(1989년)에서 따온 것이다. '일본'만큼 역설적인 공간도 드물 것이다. 그만큼 인문학 텍스트로는 최고라는 뜻이다.

'아무도 모른다'. 열두 살 소년부터 다섯 살 막내까지, 네 남매는 돌아오지 않을 엄마를 기다린다. 엄마는 큰아들에게 말한다. "난 행복해지면 안 돼?" 이 장면을 본 사람들은 '어쩌면 저럴 수가……' 이런 생각을 하기 전에 금방 고레에다의 카메라 속으로 빠져든다. 사회 구조나 부모를 비난하기 전에, 아이들만의 삶이 고스란히 전달된다.

이 영화에서 내가 좋아하는 장면은 모두 아이들의 생존 방식과 관련이 있다. 길거리에서 돈을 줍는 것, 몰래 음식을 얻어먹는 것. 모두 딱히 탈법도 불법도 아니지만, 영원히 그렇게 살 수도 없고 자주 일어나는 일도 아니다. 아이들은 거리를 돌아다니며 자판기의 거스름돈 출구에 손을 넣어본다. 누군가 잊고 간 동전을 기대하면서. 영화를 본 후 나도 그들처럼 해보는 버릇이 생겼다. 그러다가 서울에서 몇 달 만에 딱 한 번, 5백 원을 횡재한 적이 있다.

영화에서 편의점 직원이 유통 기한이 임박했거나 혹은 살짝 지난 먹을거리를 소년에게 주는 장면도 좋다. 일본에서 유통 기한은 빨리 상하는 음식은 소비기한(消費期限), 그보다 긴 것은 '상미기한(賞味期限)'으로 표시한다. 상미기한은 팔기 적당한 상품은 아니지만 맛을 '즐기는 데' 큰 무리가 없다는 뜻이다.

2017년 여름밤, 나는 교토 대학 근처를 산책하고 있었다. 맛

있는 빵과 케이크를 잔뜩 들고서. 일본은 온 나라(?)가 맛있는 빵집으로 넘쳐 나지만, 관광과 전통의 도시 교토는 특히 더 그렇다. 신호등이 바뀌는 동안 횡단보도에 서 있다가, 거리에 행인이 나랑 어느 소년 단 둘만이라는 사실을 깨달았다. 그러다 너무 놀라 소리를 지를 뻔했다. 그 소년이 〈아무도 모른다〉에서 세 명의 동생을 돌보는 고달픈 소년과 똑같이 생겼던 것이다(그 역을 맡은 배우 야기라 유야는 이 영화로 칸영화제 역사상 최연소 남우주연상을 탔지만, 중간고사 때문에 시상식에는 참석하지 못했다).

횡단보도의 그 소년은 도시락을 네 개쯤 들고 서 있었다. 흰 러닝셔츠, 마른 몸, 땀에 젖은 머리카락. 그런데 일본에서는 드물게 소년이 들고 있는 도시락은 비닐봉지 없이 낱개 그대로였다. 소년은 두 손에 도시락을 탑처럼 쌓아 턱으로 받치고 있었다. 나는 편하게 넣어 들고 가라고 종이봉투를 건넸다. 그 소년도 〈아무도 모른다〉의 가장처럼 편의점에서 팔다 남은 음식을 자정 즈음에 얻어가는 길이었을까. 그는 내게 고맙다는 듯, 고개를 여러 번 꾸벅이며 뛰어갔다.

〈아무도 모른다〉는 1988년 도쿄에서 발생한 '버림받은 네 남매' 사건을 소재로 삼아 만들어졌다(영화와 실화의 내용은 약간 다르다고 한다). 엄마는 각기 다른 아버지에게서 태어난 네 명의 아이들을 두고 또 다른 사랑을 찾아 떠난다. 아이들은 출생 신고가 되어 있지 않아 공식적으로는 존재하지 않는다. 실제로 네 아이들은 발견되기 전까지 6개월 동안 아무도 모르는 그들만의 삶을 살았다고 한다. 서류 한 장이 인생을 좌우하는 극도로 관료적인 일본 사회에서 등록되어 있지 않은 어린이의 죽음은 당시 전국을 충격에 빠뜨렸다고 한다.

영화의 마지막 장면. 비행기를 보여주겠다는 약속을 지키지 못한 소년이 죽은 여동생을 공항 부근에 묻고 돌아오는 장면을 두고 소설가 김연수는 이렇게 썼다. "누구에게나 이뤄지지 못한 약속의 땅에 사랑하는 사람을 묻는 일이 한 번쯤은 찾아오리라. …… 사랑하는 사람을 묻을 땅을 파느라 더러워진 옷, 아니 얼룩진 옷…… 옷이야 갈아입으면 되지만, 얼룩진 마음은 기억에서 잊힐지언정 완전히 지워지지는 않는다."(《씨네21》 934호)

가족 영화가 아니라…

〈어느 가족〉〈세 번째 살인〉〈태풍이 지나가고〉〈바닷마을 다이어리〉〈그렇게 아버지가 된다〉〈진짜로 일어날지도 몰라 기적〉〈공기인형〉〈걸어도 걸어도〉〈하나〉〈원더풀 라이프〉까지. 고레에다 감독의 영화는 다 좋았다. '가족 영화'가 따로 있을 리 없지만, 〈어느 가족〉이나 〈그렇게 아버지가 된다〉, 〈걸어도 걸어도〉는 가족이란 '이다'가 아니라 '된다'임을 잘 보여준다.

그의 모든 작품이 내게 위로가 된다. 고레에다의 영화는 치열

하지만 고요하다. 나만의 감상인지 모르겠지만, 나는 그의 영화에서 언제나 죽음의 그림자를 느낀다. 그 그림자가 내 삶의 번잡스러움과 욕심, 고통을 잊게 한다. 삶이란 죽음이라는 영원하고도 편안한 잠(永眠)이 기다리는 행복한 시간이다. 그러므로 죽음을 기대하지 않으면, 삶도 행복하지 않다. 죽음만이 희망이다.

〈어느 가족〉(2018년)의 원제는 '좀도둑 가족(万引き家族)'이다. 국내 개봉 제목인 '어느 가족'은 마음에 안 들 뿐만 아니라 아주 '틀린' 번역이다. 이 영화는 가족 영화라기보다는 〈아무도 모른다〉처럼 가족 이야기를 통해 일본 사회를 그린다. 좀도둑질과 막노동, 남의 연금으로 살아가는 사회 주변부 인물들의 모습을 그리고 있으니, '좀도둑 가족'이 맞다. 이 영화는 2018년 칸영화제에서 최고상에 해당하는 황금종려상을 받았다. 1997년 이마무라 쇼헤이 감독의 〈우나기(うなぎ)〉 이후 일본 영화로는 21년 만의 일이었다. 〈좀도둑 가족〉은 칸 외에도 뮌헨국제영화제, 세자르영화제, 밴쿠버국제영화제 등에서도 작품상, 인기상을 받거나 후보에 올랐다.

'흥미로운' 사실은 이것이다. 아마도 한국 사회라면, 황금종려상을 받은 감독은 한국 사회의 그 어떤 추악함을 그렸더라도 정부의 초청을 받았을 것이다. 하지만 당시 아베 총리는 수상 소식에 침묵으로 일관했고(못마땅해했고), 뒤늦게 정부 차원에서 축하를 하려 했으나 감독이 거절했다(아베는 국제 대회에서 자국을 빛낸 스포츠 스타나 예술가에게 축하 전화를 자주 해대는 정치인으로 유명했다). 아베에게 〈좀도둑 가족〉은 일본 사회의 그늘에 카메라를 들이댔을 뿐 아니라 천황제를 근간으로 한 전통적인 가족주의를 숭상하는 일본의 주류 정서에 정면 도전한 것으로 여겨졌으리라. 고레에다 또한 평소에 아베의 노선에 '분명한 반대' 입장을 표명해 왔다.

나는 〈좀도둑 가족〉을 나의 선생님과 같이 보았고, 다음과 같은 서면 대화를 나누었다.

나: 고레에다 영화는 거의 다 보았는데, 저는 그 가족을 이해하지 못하는 바는 아니나, 가족이 없어서 외로운 적은 한 번도 없어요. 다 지긋지긋. 사람도, 가족도 모두요.

선생님: 어제 나는 일본에서 주변부 삶이 영화 화면에 담겨지는 거. 그것을 행하는 감독이 좋았어. 영화로는 〈그렇게 아버지가 된다〉가 훨씬 좋지……. 이 영화는 가족 영화라기보다는…….

나: 예, 그렇죠, 일본 주변부……. 그 집이요, 미술감독, 끝내주지 않아요? 쇼타('큰아들')가 두 번 버림받았다고 생각해도, 그것이 인생임을 받아들이라고 기도했어요. 물론 제 자신에게 한 다짐이죠.

선생님: 오케이. 어제 영화 오사무('아버지')가 사는 마지막 집은 〈아무도 모른다〉에서 아이들만 사는 집이었던 것 같은데. 쇼타가 그러잖아. 자기가 잡힌 거 일부러 그런 거라고. 유리('딸') 때문에

잡힌 거잖아. 가족들이 자기를 떠나려고 했던 것도, 이해한다는 거지. 자기를 보호하고자 하면 다 잡힌다는 거……. 그런 삶을 사는 것은 다른 방식의 삶의 지혜와 방식을 배우는 것이지. 그런 면에서 감독이 이 시대를 보는 눈이 깊은 거지.

아시아라는 공간, 시간을 앞선 자본주의

일본은 어떤 사회인가. 나는 '멀고도 가까운 나라'가 아니라 한국이 가장 모르는 나라라고 생각한다. 일본은 한국에 관심이 없고, 한국은 일본에 대해 아는 게 없다. 내가 처음 일본을 방문했을 때 가장 놀랐던 일은 거리에 아무렇지 않게 나붙은 '공산당(共産党)' 포스터였고, 둘째가 자판기였다. 물론 일본 공산당은 망한 지 오래고, 재일 교포와 오키나와인들과 연대하기를 거부하고 자본가들에게 고용을 부탁하러 다니는 '단체'다.

자판기는 몇 미터 간격으로 있는 정도가 아니라 다닥다닥, 거리의 가로수보다 많은 것 같았다. 음료, 담배, 라면, 인스턴트 식품은 기본이고 여고생이 입던 팬티 냄새가 사라지지 않도록 캔에 봉인한 섹스 관련 상품을 파는 자판기도 있다. 일본은 '한때' 전자 제품의 나라이기도 했지만 빵, 치즈, 잉어, 옷감, 디자인, 와인, 종이, 두부, 국수(麵), 건축, 음악, 다신(多神), 화장품, 그리고 세습, 서브 컬처의 사회이기도 하다.

일본은 히로시마 원폭 전까지, 전 세계에서 단 한 번도 외부의 침입으로 자국이 전쟁터가 된 적이 없는 나라다. 덕분에 천년 동안 아무런 파괴 없이 그들만의 고유한 문화와 문화재를 보존할 수 있었다. 일본 역시 오리엔탈리즘의 대상에서 자유롭지 못했지만, 그들은 '셀프 오리엔탈리즘'으로 서양의 일본관을 상품화했다. 서양인들이 일본 문화에 느끼는 신비로움은 우리의 상상을 초월한다. 지금은 그 정도는 아니지만 한때 스시는 미국의 지식인 문화를 상징했다.

전통적인 국제정치학 교과서에 '일본 편'이 따로 있던 시절이 있었다. 외교 의전에서 일본은 공부가 필요한 사회다. 특별한 이해와 주의를 요한다. 예를 들어 대개의 언어, 특히 우리말에서 "고려해보겠습니다"는 대개 긍정적인 의미지만, 일본어에서는 '절대 불가'를 의미한다. 한국인뿐만 아니라 외국인은 이해하기 힘든 일본만의 문화가 있다는 얘기다. 파악할 수 없는 타자라고나 할까? 롤랑 바르트는 1970년에 《기호의 제국》을 썼다. 일본 사회는 기호(sign)만 있을 뿐 실제 말의 의미(본심, 속내), 이른바 '혼네(本音)'를 알기 어려운 사회라는 뜻이다.

통념과 달리 일본은 류큐 왕조를 비롯한 수많은 다민족(nation), 다종족(ethnic)으로 이루어진 국가, '혼혈인'으로 이루어진 국가다. 근대 이후 오키나와와 홋카이도 강제 통합 과정은 내전을 의미했다. 홋카이도의 면적만 남한의 3분의 2를 훨씬 넘는다. 고베나 오사카만 가도, 거리 풍경이 근대 초기 포르투갈이나 네덜란드에 와 있는 느낌이 든다. 그들은 이미 오래전에 탈아입구(脫亞入歐, 아시아를 벗어나 유럽으로 들어간다)를 꿈꾸었고, 실현했다. 유럽 문화에 정통한 인문학자가 수두룩하다. 탈아입구를 실현한 정도가 아니라 일찍이 메이지 유신을 시작으로 해서 국민국가 체제를 완성하고, 세계 제패를 기획해 미국, 중국과 전쟁을 치렀다. '작은 나라(倭)'가 아니다. 노벨상, 아카데미 외국어영화상을 1950년대에 이미 '성취했다'.

일본의 문학, 인문학, 역사학 역시 세계 최고 수준을 자랑하는데, 이들은 남을 침략하기 위해 먼저 자신을 연구했고 이미 정상(頂上) 국가 또는 정상(正常) 국가를 경험했다. 그래서 한국의 지식인처럼 식민지 콤플렉스에 시달리거나 '나라 만들기'에 열중하기보다 지금 당장, 자국의 문제에 관심이 있다.

우리는 지금 우리의 문제에 관심이 없다. 모든 담론이 "되어야 한다(should be)"이다. 현재는 지나가고 있는데, 오지 않을 미래를 설계한다. 자본주의와 발전주의, 민주주의가 같은 의미로 쓰인다(대표적으로 주민등록증을 대신한 스마트폰 사용이 그것이다).

'일본 문제'와 고레에다 히로카즈

해리 하루투니언 같은 일군의 자본주의와 근대성 연구자들이 일본에 주목하는 이유는 일본이 공간적으로는 서구가 아니지만 자본주의의 발전 속도(시간)는 서구를 앞지른 지역이기 때문이다. 일본은 세계 최고의 자본주의 국가이면서 아시아에 있다. 서구를 뒤쫓으면서 동시에 서구를 초과했다. 이 '모순'은 현재 일본 사회가 겪는 여러 고통의 원인이기도 하고 인류가 다음 세계를 사유하는 데 필요한 사례로써 '자원'이 될지도 모른다.

일본에서는 '더는 성장할 수 없는 자본주의', 금융 자본주의와 신자유주의 체제의 징조들이 1970년대부터 나타나기 시작했다. 저출생, 자살, 우울증, 초고령화, 빈집 증가, 고실업, 프리터(freeter, 아르바이트나 파트타임으로 생활을 유지하는 사람)의 등장……. 최근에는 인생 자체를 리셋하는 자발적 실종인 '인간 증발'까지, 다른 사회에서는 흔히 볼 수 없는 사회 현상이 있다.

일본의 계급 세습과 상상을 초월하는 경쟁주의, 학벌 사회는 의외로 우리가 '잘 알지 못하는' 부분이다. 북한은 정권 세습이지만 일본도 마찬가지다. 자민당 일당 독재는 전후 계속되고 있고, '가업'이란 이름의 계급 제도가 철저하다. TV 예능 프로그램에는 개그맨들이 어느 학교 출신인지 병기되기도 한다.

오타쿠, 이지메, 히키코모리, 희망난민(희망이 있지만 이룰 수 없어 고민하는 젊은이들), 하류지향('루저loser'를 적극적으로 선택한 청년들), 노동이 아니라 소비가 시민권을 구성하는 현실, 공부하는 이들에 대한 경멸, 수학(數學)과 수학(修學)을 구분하지 못하는 도쿄대학 학생들, 부자 나라 일본의 극빈층 노인들, 젊은이들의 탈력(脫力, 온 힘을 빼고 아무것도 안 함), 혐한(嫌韓), 혐중(嫌中)……

일본의 현재를 살펴보는 것은 발전한 자본주의 사회의 미래를 예측할 수 있는 측면이 있다. 고레에다 히로카즈가 소중한 예술가 혹은 윤리적인 예술가인 이유가 여기 있다. 그는 자기 사회를 직면하고 고민을 담되, 그 상황이나 인물을 대상화하지 않고 껴안는다. 이것이 그의 영화가 지닌 소구력이며, 관객은 그가 재현하는 특정한 이미지에 얽매이지 않는다. 그가 〈좀도둑 가족〉에서 가난한 일본인을 그렸다고 해서, 일본을 가난한 나라라고 생각하거나 일본에 대한 선입견이 생기지 않는다.

끝으로 〈좀도둑 가족〉에서 한 배우가 기억난다. 역시, 배우는 작품으로만 만난다. '엄마'(안도 사쿠라)를 '취조'하는 형사(이케와키 치즈루)는 〈조제, 호랑이 그리고 물고기들〉의 그 소녀가 아니었다. 왠지 서운했다.

국가라는 '몸'

작전명 발키리

연설을 듣는 청중이나 지켜야 할 조국은 여자다. 열정적인 연설은 대중을 오르가슴에 이르게 한다. 정치란 창녀와 같아서 그녀를 사랑하게 되면 그녀가 너의 머리를 물 것이다. – 아돌프 히틀러

철학은 인간 해방의 머리이며 프롤레타리아는 그 심장이다.
– 루트비히 포이어바흐

국가는 어떤 몸이어야 하는가,
《리바이어던》과 〈작전명 발키리〉

브라이언 싱어가 서른 살 나이에 〈유주얼 서스펙트(The Usual Suspects)〉(1995년)를 들고 나왔을 때 할리우드는 들썩거렸다.

지금은 이미 고전의 반열에 올랐지만 23년 전 이 영화의 파장은 대단했다. 나 역시 예외는 아니어서, 무슨 '석학'이 출현한 것처럼 느꼈다. 이후 브라이언 싱어의 행보는 거침이 없었다.

〈유주얼 서스펙트〉에서 주인공 로저(케빈 스페이시)가 어찌나 무서웠던지, 영화를 보고 나서 며칠 동안 세상의 모든 컵을 의미심장하게 바라보는 버릇이 생길 정도였다. 영화의 작은 소품이 사람을 그렇게 놀라게 하다니! 이후 케빈 스페이시가 나온 〈쉬핑 뉴스〉 같은 '힐링' 영화를 많이 보았는데도 여전히 그는 내게 〈유주얼 서스펙트〉 속 모습(유력한 용의자)이었다. 〈유주얼 서스펙트〉에서 보인 그의 명연기 때문에 다른 작품에서 코믹한 연기를 할 때조차 누군가의 뒤통수를 칠 것 같은 느낌이 든다 (물론 미투 이후에는 그의 연기를 온전히 감상하기 어려워졌다).

젊은 나이에 그런 걸작을 만든 브라이언 싱어의 〈작전명 발키리(Valkyrie)〉(2008년) 역시 야심작이다. 주인공 슈타우펜베르크 대령 역할을 맡은 톰 크루즈는 말할 것도 없고 〈블랙북〉에 출연한 캐리스 밴 허슨, 한국 영화 〈택시운전사〉에 출연한 토마스 크레치만도 반갑고, 트레스코프 소령 역을 맡은 케네스 브래나는 언제나처럼 멋졌다.

제2차 세계대전 말기, 조국을 사랑하는 충성스러운 독일 장교 클라우스 폰 슈타우펜베르크 대령은 히틀러 정권의 전쟁에 신물이 났다. 상부의 지시를 어기고 나치 정권을 비판하다가 북

아프리카 튀니지 전선으로 좌천된 그는 영국군의 폭격으로 왼쪽 눈, 오른손, 왼쪽 손가락 둘을 잃은 뒤 독일로 돌아온다. 그리고 1944년, 이미 여러 번 히틀러 암살을 시도했던 일군의 장교들과 함께 히틀러와 그의 측근을 제거하려 한다. 반역 실화를 기반으로 한 이 영화는 극적인 정치적 배경에 브라이언 싱어의 재능이 더해져, 두 시간 내내 관객의 심장을 '관할한다'.

하지만 영화 〈작전명 발키리〉 이야기는 여기까지다. 이 영화는 근대 국가를 설명하는 데 매우 적절한 텍스트다. 〈작전명 발키리〉는 토머스 홉스의 《리바이어던》과 연동한다. 정확히 말한다면, 《리바이어던》과 〈작전명 발키리〉는 상호 충실한 해제이다.

메타포로 국가를 만들다

고전의 정의 중 하나로 "널리 회자되지만 읽은 사람은 별로 없는 책"이라는 말이 있다. 《리바이어던》도 대표적인 예이다. 나는 이 책을 읽은 이들이 생각보다 많지 않을 거라고 '확신한다'. 이 책이 인용되는 것만큼 사람들에게 읽혔다면 절대 몸 이야기를 피할 수 없을 테지만, 이 책을 언급하는 이들은 대개 '딴소리'를 한다. 조금 냉소적으로 말하자면, 비서구 국가 혹은 한국의 (남성) 지식인 중에서 헤겔, 마키아벨리, 칸트, 홉스, 루소

같은 철학자들을 맥락 없이 '들먹이는' 이들이 많은데, 나는 솔직히 그들이 무슨 말을 하는지 모르겠다. 내가 이해한 방식과 너무 다르기 때문이다. 한마디로 '수염 난 백인 남성'의 지적 권위가 서구로 유학을 다녀온 비서구 남성 '엘리트'에게 내부 통치용("그들의 사상은 나만이 안다")으로 사용되는 경우가 많다는 얘기다. 《리바이어던》의 경우도 사람들은 괴물 이야기에 집중한다.

이 책의 '위대한 업적'은 상상의 공동체로서 국가를 실체(entity)로 만들었다는 데 있다. 첫 페이지부터 끝까지 국가를 몸에 비유한다.

국가가 존재하지 않는다는 뜻이 아니다. 국가는 관계와 제도이지 주권, 영토, 국민의 합이 아니라는 것이다. 국가 내 모든 영토는 평등하지 않다. 모든 국민도 평등하지 않다. 어디가 국가인가? 서울? 전라도 완도? 경상도 언양? 누가 국민인가? 여성? 장애인? …… 영토나 국민 개념은 가정해서 상정한 것이지 실제가 아니다. 다만 특정 지역이 국가로 대표될 뿐이다. 어느 때는 서울이, 어느 때는 독도가, 어느 때는 한라산이…….

주권은 어떠한가. '국가의 영혼'이라는 주권은 하나(singularity)가 아니다. 나는 식량 주권, 검역 주권에는 찬성하지만 군사 주권에는 회의적이다. 19세기 말 중국은 서구에 의해 완전히 약탈당했지만(니컬러스 레이의 영화 〈북경의 55일〉을 보

라) 공식적으로는 주권을 빼앗기지 않았다. 관타나모는 쿠바의 영토지만 미국의 군사 기지이다. 우리가 알고 있는 것처럼 실제 국가는 주권, 영토, 국민으로 이루어져 있지 않다.

'남성 정치학'의 입장에서 《리바이어던》의 역사적 의미는 근대 국가 개념의 기틀을 제시했다는 데 있다. 마르크스주의 인류학자인 베네딕트 앤더슨의 '상상의 공동체로서 민족(nation)'은 민족이 상상의 산물이라서 '없다'는 이야기가 아니다. 인쇄술 발달과 표준어 강요 따위가 국가를 탄생시킨 물적 토대라는 주장이다. 국가에 대한 유물론적 설명이다. 홉스 역시 유물론자였다. 그는 가부장제를 자연적인 산물로 보지 않고 사회적 구성물로 여겼다.

'없는 실체'를 '있는 존재'로 만들려면 반드시 비유가 필요하다. 이 글 서두에 인용한 것처럼, 몸을 둘러싼 메타포는 인류의 오랜 인식 방법이었다. 그리고 은유로서 몸은 사회적 해석을 반영한다. 그래서 사회 조직에 관한 비유 중에 머리(정신)와 몸(수족)의 위계라든지, 여성에 대한 비하가 없다면 불가능한 표현이 많다. 예를 들어 사회 조직에서 개인의 위치를 표현하는 '우두머리', '수족', '오른팔' 같은 표현은 신체 기관이 위계화되어 있음을 말해준다. 서구 정치 철학에서 흔히 말하는 '정체(政體, body politic)' 개념은 공동체로서 조직을 유기체(하나의 몸)로 인지하는 데 결정적인 인식을 제공해 왔다. 사회 조직이 인간의 몸과 같은 유기체로 인식될 때, 조직은 '(지배-피지배) 관계/제도'가 아니라 실체로 간주된다. 권력은 도처에 있지만(be) 누군가가 가진(have) 것처럼 소유 관념으로 인식되어야 통치가 가능하기 때문이다.

그런데 이처럼 사회 조직을 인체에 비유할 때 그 몸은 과연 어떤 몸일까? 《리바이어던》에서 단서를 찾을 수 있다. 첫 페이지를 보자.

자연 중에서도 가장 이성적이고 합리적인 창작품이 '인간'인데 인체를 모방함으로써 창작품은 한결 더 고급품이 될 수 있다. 정치 공동체, 즉 '국가'는 바로 이런 솜씨에 의해 만들어졌는데…… 국가의 주권은 몸 전체에 생명과 동작을 주는 인공적 '혼'이며, 각부 장관이나 행정부·사법부의 관리는 인공적 '관절'이다. 보상이나 처벌은 '신경'…… 고문관(顧問官)들은 '기억'에 해당하며, 형법과 법은 '인공 이성'이며 '의지'이다. 조화는 건강이요, 반란은 병환이며 내란은 죽음이다. 끝으로 이 정치 공동체를 만드는 합의나 동의는 우주를 창조할 때 신이 말씀하신 "이제 사람을 창조하자"라는 명령과 같다고 하겠다.*

* 《리바이어던》, 토머스 홉스 지음, 한승조 옮김, 삼성출판사, 1990.

《리바이어던》은 국가를 '건강한 비장애 인간'의 신체에 비유한다. "화폐는 국가의 혈액", "식민지는 국가가 출산한 자녀", "주권자에게 반론을 제기하는 사람은 회충처럼 신체를 괴롭히는 자", "피정복민은 종기", "안일함은 기면증", "폭동은 폐병", "국가를 개혁하려고 불복종하는 사람들은 국가를 파괴하는 것, 이것은 마치 노쇠한 아버지의 회춘을 갈망하여 아버지의 몸을 절단하여 이상한 약초와 함께 끓였으나, 아버지를 젊은 사람으로 만들어내지 못한 펠레우스의 어리석은 딸들과 같은 것이다."

이렇게 국가를 유기체인 인체에 비유하면 국가 권력에 대한 비판과 저항은 인체를 절단하는 행위와 다름없게 된다. 모든 국가의 외부는 무정부 상태라는 전쟁 중에 있으므로 언제 침입할지 모르는 외부의 적을 생각할 때, 국론을 분열시키는 것과 같은, 힘의 공백을 노출하는 행위는 허용할 수 없으며 국가는 어떤 일이 있어도 보존되어야 한다는 논리다.

정상 국가는 장애인의 몸으로 표상되어야 한다

국가주의 사회에서 가장 중요한 행정 기관은 국가보훈처다. 국가가 최고의 정체(政體)라면, 국가를 위해 자신의 생명과 몸을 희생한 이들을 소중히 여겨야 한다. 보훈(報勳)은 공동체를 위해 희생한 이들에게 '빚이 있다'는 의미다. 그런 의미에서 한국은 국가주의에'도' 도달하지 못한 사회다. 국가를 위해 헌신한 이들에 대한 존경이 없는 기회주의자들의 나라다. 여기서 내가 반민특위 역사를 들먹이며 흥분할 필요는 없을 것이다. 한국사회는 윤리적이지 않다. 윤리적인 국가는 보훈에 충실해야 한다. 공동체를 위해 희생한 이들에게 복지를 제공하고 경의를 표하는 일은 공동체 유지와 후세대 교육을 위해 필수적이다.

여기서 국가의 모순이 발생한다. 정상 국가는 건강한 비장애인 남성의 몸으로 재현되지만, 실제 정상 국가는 외적과 투쟁을 거쳐 쟁취한 공동체이므로 부상당한 몸이 정상이어야 한다. 다시 말해 '상이용사(傷痍勇士)'나 장애인의 몸이 정상 국가를 상징해야 한다. 하지만 그런 국가는 거의 없다.

〈작전명 발키리〉의 주제는 반역이 탄로 날 듯한 아슬아슬한 장면에 집약되어 있다. 관객의 심장은 쿵쾅거린다. 그때 슈타우펜베르크는 자신의 신체를 '전시'함으로써 위기를 모면한다. 그의 몸은 압도적인 대사가 된다. 한마디로 "당신들은 나처럼 조국을 위해 눈과 팔을 잃었나? 감히 내 앞에서 할 말이 있는가?" 체포 직전에 그는 자신의 훼손된 몸으로 히틀러 측을 압도한다.

나는 이 장면에서 감동받았다. 나는 이런 상황이 가능한 사회를 꿈꾼다. 전통적인 국제정치학에서는 전쟁 없는 상태를 '현상 유지(the status quo)'라고 표현하는데, 부정적/비정상적인 의

미로 쓰인다. 국가는 계속 전쟁 상태에 있어야 한다는 뜻이다. 그러므로 정의로운 정치 공동체는 토머스 홉스의 《리바이어던》에 묘사된 비장애인의 몸이 아니라 부상당한 장애인의 몸이어야 한다.

한편 〈작전명 발키리〉를 통해 독일은 또 한 번 뿌듯(?)했을지 모른다. 제2차 세계대전 전범 국가인 독일과 일본은 전후 처리 문제를 두고 극단적 비교 대상이 되곤 한다. 하지만 이는 생각만큼 간단한 문제가 아니다(이 글에서 다룰 사안도 아니다). 독일도 군 위안부나 전시 성폭력 문제에 대해서는 가해/피해 사안 모두 언급하지 않기 때문이다. 〈작전명 발키리〉에서 톰 크루즈의 아내 역으로 나오는 네덜란드 배우 캐리스 밴 허슨이 열연을 펼친 폴 버호벤 감독의 〈블랙북(Black Book)〉(2006년)은 2차 세계대전 후 승리한 연합군 국가들이 '적국의 남자와 섹스한 자국 여성'을 어떻게 대했는지 잘 보여준다.

슈타우펜베르크의 존재는 독일의 자부심이다. 그의 이름을 딴 거리도 있다. 나치 정권은 대중의 협력 없이 불가능했다. 빌헬름 라이히는 《파시즘의 대중심리》(1933년)에서 독일과 이탈리아에서 대중이 히틀러나 무솔리니 같은 파시스트에게 빠져든 심리를 분석했다. 그런 점에서 히틀러에게 직접 저항한 독일인이 있었다는 것을 역사적으로 상기하는 일은 대단히 중요하다.

일제의 식민 지배에 사과하는 일본인, 베트남전에서 한국군이 벌인 만행에 문제 제기를 멈추지 않는 한국인, 나치에 항거한 독일인……. 자국의 범죄에 대해 사과와 반성을 멈추지 않는 사람들. 인류가 국민이기 전에 인간인 이유다.

기차 밖의 타자는 희망인가?

설국열차, 부산행, 스테이션 에이전트

〈오리엔트 특급살인(Murder on the Orient Express)〉(1974년, 2017년)처럼 기차를 무대로 한 영화들은 하나의 장르라고 해도 좋을 만큼 공간이 내용을 장악한다. 출발과 도착, 한 방향으로 계속 달리는 기계, 체인으로 연결된 차량들, 사건이 벌어지고야 마는 밀실, 마지막 칸, 물러설 수 없음, 절대로 왔던 길(과거)로 돌아갈 수 없음…….

기차 영화는 대개 불온하다. 스릴, 총싸움, 살인, 범인 잡기……. 기차 밖도 마찬가지다. 나가봤자 허허벌판이다. 무기의 효율성은 자체 성능이 아니라 지정학과 전술에 의해 좌우된다. 좁은 공간에서는 무기의 성능이 다르다는 얘기다. 기차 안에서 대륙 간 탄도 미사일(ICBM)이 무슨 소용이랴. 전통적인 국제정치학에서 "전쟁은 결국 무기전"이라고 하지만, 기차 안에서는 첨단 무기가 승부를 결정짓지 않는다. 코앞의 단도나 야구 방망이는 말할 것도 없고, 모든 소지품이 무기가 된다.

인간의 역사에서 기차의 가장 큰 의미는 시간과 공간의 개념을 변화시켰다는 데 있다. 철도와 기차는 근대 자본주의의 기본 인프라이자 근대성을 상징한다. 기차는 물자 수송과 인간의 이동, 산업 발전을 이끌었다. 기차 시간은 정확해야 한다. 승객은 제시간에 기차에 승차해야 한다. 10초도 늦어서는 안 된다. 출발 시간에 늦어 역 부근부터 숨이 차도록 달리는 사람들. 우리 자신도 경험했다. 비행기의 연발과 연착은 흔한 일이지만 기차는 그렇지 않다. 기차를 놓쳐본 이들은 알 것이다. 인간은 아직 하늘을 정복하지 못했지만 지상은 장악했다. 기차 시간의 정확성은 한 사회의 발전과 기술, 질서를 의미한다. 에릭 홉스봄도 적었듯이 "무솔리니가 집권하자 기차가 제시간에 왔다." (나중에 이 말은 '사실' 여부를 두고 논란이 되었다.)

기차로 시작된 근대

근대전의 특징은 절멸전(絶滅戰), 대량 학살인데, 이는 인간의 의지가 인간성을 어디까지 극적으로 변형할 수 있는가를 보여준다. 근대성의 특징 중 하나는 남성을 모델로 한 독립된 개별 주체의 의지가 세상을 변화시킨다는 점이다. 탈근대론자들이 근대성을 비판하면서 '나치즘'을 가장 많이 예로 드는데, 그 것이 근대성의 정점을 보여주기 때문이다. 히틀러의 자살은 명 백히 정치 정세에 떠밀린 결과였지만, 그는 "나의 의지다!"라고 외쳤다. 남한 사회의 개발 독재 시대 슬로건 역시 "하면 된다" 였다. 지금도 "하면 된다"고 말하는 이들이 없진 않지만, 인간 의 의지는 질주하는 자본주의 구조 앞에서 고개를 조아리고 있 다. 이제 사람들은 안다. 인생은 해도 안 되는 일이 대부분이라 는 사실을. 우리 사회 젊은이들의 자살률이 특히 높은 이유는 이 진실을 너무 빨리 깨달았기 때문이 아닐까. 인생을 너무 일 찍 알아버린 이들은 행복하지 않다. 인간의 의지, 불굴의 의지, '그놈의' 의지……. 나는 인간의 의지가 개인과 사회를 망친다 고 생각한다. 그저 사는 만큼만 생각하면 된다.

홀로코스트. 하나의 질서만 유일한 진리가 되는 보편성(uni/versal)의 폭력이 실제로 실현된 대량 학살이다. 프리모 레비의 시 〈기차는 슬프다〉는 이를 정확히 표현한다. 첫째 연이다.

단 하나의 목소리와 단 하나의 노선으로
정해진 시간에 떠나야 하는 기차보다
더 슬픈 게 있을까?
그 어떤 것들도 이보다는 더 슬프지 않다.

자본주의 체제는 인류 역사 전체로 보면 역사가 짧지만, 인간 생활을 근본적으로 변화시켰다. 근대적 사고방식의 가장 큰 특징은 시간 개념과 인간 능력에 대한 과도한 믿음이다. 인간(백인 남성)은 이 둘을 하나로 연결하여 미래 지향적 사고를 주도했다.

이것이 서구에서 시작된 자본주의적 진보(progress)의 개념이다(한국 사회에서 통용되는 '진보'와는 다르다). 단수(單數)의 시간. 과거-현재-미래라는 직선적 시간관과 단수의 주체가 시간의 기준을 제시한다. 개별적 인간의 상황마다 '10분'의 의미가 다를 수 있는데, 백인 남성 비장애인의 시간을 중심으로 삼아 객관적 시간 개념이 설정된 것이다. 우리가 매일 경험하는 것처럼 행복한 시간과 지루한 시간은 그 길이가 다르다. 고문당하는 10분과 사랑하는 사람과 함께하는 10분이 어떻게 같겠는가. 시간은 척도가 아니라 경험이다. 농촌의 시간과 도시의 시간은 다르다. 장애인의 시간과 비장애인의 시간은 다르다. 이런 차이가 무시되고 누군가의 시간이 기계적으로 표준으로 설정되고, 사람들은 속도전을 벌이기 시작했다. 발전, 추격, 100미터 달리기, 문명과 야만, 최연소의 성취……

물론 가장 끔찍한 '야만'은 서구 중심의 시간관을 비판하며 탈식민주의자들이 지적한 '역사적 시간의 공간화(the spatialization of historical time)'이다. "한국은 미국의 1980년대"

라는 식으로 로컬의 상황 차이를 위계화하여 이를 문명의 기준으로 삼는 사고방식이다. 서구 문명을 기원으로 정하고, '선진국과 후진국'이라는 국제 사회의 발전 단계를 수직적으로 규정하는 인종적 민족주의 이데올로기이다.

근대성의 교과서, 〈설국열차〉

봉준호 감독이 타고난 재능과 훈련과 지성을 모두 갖춘 예술가라는 데 이견을 달 사람은 많지 않을 것이다. 다작이 아닌데도 불구하고 영화 만들기를 '마스터'했다는 느낌이 든다. 나는 그의 첫 장편 영화 〈플란다스의 개〉(2000년)를 가장 좋아한다. 〈플란다스의 개〉는 무정형의 영화다. 패턴이 없다. 걸작이라는 얘기다. 〈플란다스의 개〉는 그 영화에서 화제가 되었던 '김뢰하처럼' 생겼다.

이후 〈살인의 추억〉〈괴물〉〈마더〉〈설국열차〉〈기생충〉, 레오 카락스, 미셸 공드리와 함께한 2008년작 옴니버스 영화 〈도쿄!〉(일본의 히키코모리를 다루었다)까지, 봉준호는 이른바 작품성과 대중성을 모두 인정받았다. 그는 위 영화들에서 근대성의 주제들을 섬세하게 공들여 변주한다. 계급, 좌우를 초월한 남성 연대(그런 면에서 〈살인의 추억〉과 〈설국열차〉가 가장 비슷하다), 괴물적 모성, 오염 메타포, 우연처럼 보이지만 실은 구조적 파국,

특히 숙주(宿主)와 기생충. 〈괴물〉의 영어 제목은 'The Host'이다. 2019년 개봉한 〈기생충〉(영어 제목 Parasite는 같은 장소에 있다는 의미다)은 연작을 완성하는 셈이다. 숙주와 기생충은 대립하는 생물이 아니라 공존 관계다.

앞서 말한 봉준호의 영화들은 모두 근대성의 공식에 충실하다. 원작 탓일까. 〈설국열차〉(2013년)가 가장 노골적이다. 나는 그 영화를 어떤 '어른'을 모시고 봤다. 나는 다음에 나올 장면을 예상하면서 아주 작은 목소리로 중계했다. 한 장면만 빼고 다 '맞추었다'. 함께 본 분은 내가 '천재'이거나 영화를 두 번 보았을 거라고 주장했다. 나는 '단백질 블록'의 원료가 바퀴벌레인 것도 알았다. 바퀴벌레는 영양이 풍부하고, 깨끗하며, 물 한 방울만으로도 한 달 동안 생존이 가능한 강력한 생명체다. 단지 먹을 것을 찾아 돌아다니기 때문에 오염의 매개체여서 사람들이 질색할 뿐이다.

내가 예상치 못한 장면은 공동체와 리더십에 관한 부분이었다. 이는 한국 사회의 부정의와 연관되어 있다. 꼬리 칸의 젊은 지도자 커티스(크리스 에반스)에게 지도자 역할이 요구되자 그는 사양한다. 공동체를 위해 투쟁하다 장애인이 된 사람도 있는데, 온몸이 멀쩡한 자신은 지도자로서 자격이 없다는 것이다. 앞서 〈작전명 발키리〉 편에서 말했듯이 기회주의자들의 나라 한국은 반대다. '상이용사'든 '민주화 운동의 피해자'든 공동체를 위해 희생한 이들에 대한 존경심이 없다. 그들은 '재수 없는 피해자'이거나, '나는 저렇게 살지 말아야지'를 다짐케 하는 반면교사이거나, '민주화 운동 경력을 팔아 국회의원을 노리는 이들'이다. 반민특위에서부터 일상화된 한국의 부정의한 일상의 근대사다. 한국은 살아남는 것, 더 잘사는 것이 유일한 가치인 나라다.

〈설국열차〉의 마지막 생존자는 소녀, '흑인' 소년, 동물(곰)이다. 이들은 근대 자본주의에 오염되지 않은 희망을 상징한다. 지구의 미래는 이들에게 달려 있다는 것이다. 이들은 지구를 망치는 데 앞장선 이들이 아니다. 다시 말해 이들이 미래의 희망으로 제시된다는 사실은, 이들이 현재를 주도하는 주체의 타자라는 얘기다.

녹색당에서 비슷한 논쟁이 있었다. "아이들에게 핵 없는 세상을!"이라는 구호에 대해 고등학생 당원들이 문제를 제기한 것이다. '어른' 당원들은 그들의 '분노'를 이해하지 못했다. 고등학생들은 왜 자신들을 현재의 동반자가 아니라 어른의 관점에서 '미래'로 정의하느냐며 항의했다. 그들이 말하는 올바른 구호는 "우리 모두에게 핵 없는 세상을!"이었다. 자신들을 타자화하지 말라는 얘기다. 〈설국열차〉나 녹색당의 '어른'(성인 남성)은 타자를 정의하고 보호하는 주체의 역할을 자임한다. 그들은 재현의 주체이지, 재현의 대상이 되지 않는다. 10대들은 말한다.

"우리는 당신의 미래가 아니야. 당신의 관점에서 우리를 정의하지 마."

MB 시대가 만들어낸 좀비, 〈부산행〉

스티븐 연이 출연한 미국 드라마 〈워킹 데드(The Walking Dead)〉(2010년~2022년)는 내게 난독증을 일으킨다. 우울증 환자의 증상을 지칭하는 말 중에 '리빙 데드(living dead, 살아 있는 시체)'가 있는데, 죽을 만큼 고통스럽지만 죽지 못하는 그래서 자살만이 치료법인 이 병의 특성을 표현한 단어다. 우울증과 좀비 상태는 삶과 죽음의 중간에 존재한다는 점에서 비슷하다. 좀비는 그 자체로 악이 아니라 고통받는 인간의 반영이다. 괴로운 상태지만 죽지는 않는. 이보다 더 고통스럽고 끔찍한 상태는 없다.

아름다운 좀비 영화도 많다. 나는 좀비 영화 중에서 조시 하트넷이 나오는 2007년작 〈써티 데이즈 오브 나이트(30 Days Of Night)〉를 가장 좋아한다. 아메리카 최북단 도시인 알래스카의 배로는 매년 겨울이면 30일 동안 해가 뜨지 않는다. 화면은 아름다울 수밖에 없다. 어둠과 추위로 더욱 아늑해 보이는 도시, 카페들, 좀비가 나타날 때마다 흰색 눈 위에 뿌려지는 선연한 붉은 피, 눈 내리는 거리의 가로등……. 영화를 보다 보면 30일이 지나서 해가 뜰까 봐 걱정일 정도다.

대개의 좀비 영화는 신체 변형의 공포를 활용한다. 피와 근육이 질척인다. 좀비는 무한 증식하는 좀비와 그 수가 그대로 유지되는 좀비로 나뉜다. 감염, 오염, 흡혈 따위로 증식하는 좀비 영화에서는 극소수의 인간만 남게 된다. 영화, 게임, 애니메이션 등에서 좀비물의 유행을 신자유주의 체제의 생존 법칙과 연결하여 분석한 후지타 나오야의 《좀비 사회학》(2017년)이라는 책이 있는데, 인간은 모두 좀비가 되었다고 주장한다.

연상호 감독의 〈부산행〉(2016년)을 보면서 이명박 시대를 이렇게 비판할 수 있는 영화가 또 있을까 하는 생각이 들었다. 〈부산행〉에서 좀비가 되는 방식은 오염이다. 누구의 잘못도 아니다. 살아남기 위해 타인을 짓밟는 것이 아니라—그럴 기력도 없다—상대방을 나와 같은 처지로 만드는 것이다.

MB 시대의 정신을 체화한 'MB 캐릭터'는 이 영화의 최고 악역(김의성)이 아니다. 그는 평범한 생존자다. 문제는 그 이상(以上)을 추구하는 존재들이다. MB 시대의 대표적 모델은 전 경찰청장 조현오다. 그가 저지른 용산 참사, 쌍용차 사태 등은 MB가 '지시'한 것이 아니었다. MB는 그런 문제에 관심조차 없는 사람이다. 이 사건들은 조현오 개인의 과잉 충성의 결과였다. 신자유주의 사회는 실력이 있으면 굳이 비윤리적이지 않아도 되는 능력주의 사회다. 그러나 이들은 실력이 없으므로 한편으로는 피해자 코스프레를, 한편으로는 극도로 긍정적 사고방식으로 살아간다. 이들에게 죄의식이나 수치심은 인생의 낭비다.

이 시대는 잘못을 인정하고 사과하는 것이 보편적 윤리가 아니라 약자가 사는 방식이 되었다. 인사불성(人事不省) 상태에서 부끄러움 없는 사람의 활기(活氣)는 그 자체로 흡기다. 한마디로 지금 이곳은 '나쁜 놈들의 전성시대'다. 정의는커녕 의리마저 찾아보기 힘들다. 이런 세상에서는 착한 사람, 평범한 사람도 오염된다. 오염되지 않으면 살 수 없기 때문이다. 연상호 감독은 한국 사회를 기차 안에 압축해 두고 모두가 나쁜 사람이 되는 과정을 묘사한다. 평범한 사람들이 모두 '조현오'가 된다.

다시 쓴다. 이 영화는 보통 사람들이 '조현오'가 되지 않으면 생존할 수 없는 과정을 그린 몸서리쳐지는 영화다. 다른 선택은 없다. 오염의 주체만이 존재할 뿐이다. 주인공 공유나 마동석도 구원받지 못하며, 나쁜 세력이 승리하는 제단에 바쳐진다. 이 영화에서도 부정의에 오염되지 않을 두 명만 남겨준다. 역시 여성(정유미)과 아이(김수안)다. 이 영화를 부성 영화로 보는 것은 난센스다.

〈스테이션 에이전트〉의 '난쟁이', 그는 타자인가 진정한 친구인가

〈스테이션 에이전트(The Station Agent)〉(2003년)의 주인공 핀

은 내가 꿈꾸는 삶을 산다. 동네에 버려진 기차 한 칸이 그의 집이다. 영화 제목은 '역장(驛長)'이라는 뜻이다. 관리해야 할 물건이 없는 간소한 삶. 우리에게도 익숙한 할리우드의 대표적인 '장애인(저신장)' 배우 피터 딘클리지가 주인공 핀 역할을 맡았고 폴 벤저민, 퍼트리샤 클라크슨이 나온다. 토머스 매카시가 각본과 감독을 맡은 이 영화는 그해 선댄스영화제에서 각본상과 관객상을 받았다.

조용한 마을에 사는 평범한 사람들에게는 이러저러한 사연이 있다. 그들은 모두 '역장' 핀을 좋아한다. 그와 차를 함께 마시고, 그에게 비밀을 털어놓고, 가족과 싸우고 연인과 헤어지고 갈 곳이 없으면 간혹 그의 기차간에서 하룻밤 신세를 지기도 한다. 장애인에 대한 편견이나 두려움 같은 것은 전혀 없다. 핀은 마음씨 좋은 신부님, 의지할 수 있는 마을의 상담자다.

나는 이 영화를 여러 번 보았다. 왠지 나는 성별과 '외모의 다름'에도 불구하고 그의 삶과 역할에 강하게 동일시했다. 나는 꼭 그였다. 나도 핀과 마찬가지로, 마을 사람들과 '같지 않다'. 핀은 마을의 살짝 외곽, 숲 근처에 살고 있다. 그의 존재는 궤도 밖에 있다. 마을 사람(여성)들은 그를 좋아하지만 '사랑'하는 것 같지는 않다. 그리고 사람들이 먼저 그를 찾지, 그가 먼저 원하는 경우는 없다. 만일 그가 먼저 사람들을 원한다면, 관계의 법칙은 깨질 것이다.

이 글을 쓰고 있는 나는 무언가 결핍된 존재이고, 스스로 그것을 알고 있고, 또한 그 사실을 부끄럽게 생각하지 않는다. 나는 현실의 누군가를 부러워하거나 동경하지 않는다. 주변 지인들은 내가 타인에 대한 관심이 없기 때문이라고 '분석해준다'. 그러나 영화 속으로 들어가 보면 사람들의 생각은 다르다. 나는 그들과 동급이 아니다. 나 역시 어떤 부분에서 '장애인'이어서 그들 인생의 경쟁 상대가 아닌 것이다.

마을 사람들이 핀을 편하게 생각하는 이유는 이것이다. 싫어하지는 않지만 자신과 같을 수는 없는 사람, 자기 기준에서 '차이(모자람)'가 있는 사람은 자신을 위협하지 않는다. 그래서 논외이며 편안한 것이다. 우리는 이런 이들을 타자(他者)라고 부른다. 타자는 억압받기도 하지만 유사 종교적 존재로 존중받기도 한다. 지배와 피지배, 속(俗)과 성(聖), 중심과 주변의 관계에서 모두 후자이되 긴장이 덜하다. 핀은 마을 사람들이 만든 타자지만 사람들은 그를 낭만화하고 신비화한다. 주인공은 자신의 처지를 있는 그대로 받아들이며, 타자의 위치에서 탈출하려고 하지 않는다.

마을 사람들과 주인공인 핀의 관계 원리는 정상인이 '나는 너와 다르고, 그것은 내가 결정한다'이다. 하지만 장애인으로 규정당한 내가 어떻게 살 것인가는 어느 정도는 내가 결정할 수 있는 영역이다. 그들의 규범 때문에 괴롭기도 하고 치명적인 차별과 억압 그리고 이중 삼중의 노동으로 힘겹기도 하지만, 그러거나 말거나 신경 쓰지 않을 수도 있다. 나는 나와 그들의 차이를 글로 썼다. 그래서 그들에게 수많은 나 같은 이들의 존재를 드러내고, 차이를 규정하는 주체가 되고 싶었다. 내 입장에서는 '그들이' 나와 다른 것이니까. 내 입장에서는 그들이 나의 타자이며, 나의 글쓰기 대상이니까. 그들이 없다면, 나는 글을 쓸 이유가 없을 것이다.

기질과 가치관, 계급, 성별 등의 이유로 나는 궤도 안의 주류로 살기에 적합한 사람이 아니라는 것을 조금은 알고 있다. 그래서 나는 스스로 타자임을 선택했다. 누가 어떻게 규정했든 간에 나는 나의 타자성을 사랑한다. 내 인생에서 유일하게 중요한 사실이다. 모든 다름은 공동체의 진실을 드러낸다.

감독들은 왜 다들, 그토록 주체인가

근대성이라는 기차는 처음부터 불균등 발전을 의미했다. 이제 불균등 발전은 극단의 양극화를 넘어 지구 자체를 망하게 하고 있다. 기존의 사고방식을 고수하면 모두가 망한다는 진실이 눈앞에 펼쳐지고 있다. '쓰레기 식민주의', 가만히 앉아서 물과 식량을 잃는 사람들, 매일매일의 내전, 피 묻은 다이아몬드, 녹아버리는 거대한 빙하, 죽은 고래 몸속에 든 8킬로그램의 비닐, 바다 위에서 사라지지 않는 스티로폼 부표, 고용 없는 성장…… 이제 기차는 계속 달릴 수 없다.

문제를 해결하기 위해서 예술가들은 이제까지 근대의 주체가 아니었던 여자, 아이, 장애인, 자연을 기차 밖에 살게 하거나 생존자로 만든다. 그렇다면 이 타자들은 진정 인류를 구원할 수 있을까? 여성과 아이, 동물은 오염되지 않았는가. 그렇지 않다. 이들도 순수하지 않다. 이들이 순수하기를 바라는 누군가의 희망 사항일 뿐이다.

내게 중요한 질문은 이것이다. 감독 자신이, 예술가 자신이 스스로 타자가 될 생각은 왜 하지 않는가. 그들은 왜 항상 주체이고, 주체를 구원할 수 있는 대상조차 지정할 수 있는 조물주인가. 여성이고 아이들이라고 해서 '착하다'고 생각하지 말기를.

새로운 주체는 기차 밖에 있다고 해서 '저절로 되는' 것이 아니다. 기존의 주체는 스스로 '꺼지면' 안 되는가. 자리에서 내려오라. 인류와 지구를 해방하려 하지 말고 그냥 하방하라. 팬데믹 시대의 구원은 우리 모두 '섬싱(something)'이 되고자 했던 의지를 버리고, 자연의 일부인 '낫싱(nothing)'임을 인정하는 데서부터 시작해야 한다. 갈팡질팡하는 삶의 한가운데서, 글쓰기를 포기하지 못하는 나의 의지가 부끄러울 뿐이다.

우리 안의 식민성

미스터 션샤인, 청연

반일과 친일 사이

영화 〈군함도〉(2017년)는 일본인보다 악랄한 친일파 묘사로 인해 '친일' 논란에 휩싸이기도 했다. 그런데 류승완 감독은 영화 개봉을 앞두고 이렇게 말했다. "대중의 반일 감정에 기대지 않겠다." 나는 그의 말에 살짝 감동받았다. 대규모 자본과 스타들을 투입한 영화였다. 천만 관객까지 생각했을 시스템에서 일하는 영화감독이 이런 소신을 밝히기는 쉽지 않다. 원래도 류승완 감독의 영화를 좋아했지만(특히 〈짝패〉!) 그를 다시 '봤다'.

그러다가 김은숙 작가의 드라마 〈미스터 션샤인〉(2018년)을 보면서 〈군함도〉 때의 반응이 떠올랐다. 정확하게는 대중의 반응에 대한 기시감이다. 방영 초기에 〈미스터 션샤인〉이 '역사를 왜곡했다'며 청와대 국민청원 홈페이지에 이 드라마를 막아 달라는 청원이 올라온 것이다. 이 청원에 한 달간 2만 8천여 명이 동참했다. 상식적으로 생각해보자. 청와대나 문화체육관광부가 TV 드라마의 스토리를 바꿀 수 있는가? 나는 창작의 자유를 주장하는 것이 아니다. 당연히 이 기관들은 그럴 권한이 없다. 지면이나 온라인 커뮤니티에 사회적 문제 제기를 통한 '역사 왜곡' 비판은 얼마든지 가능하다. 그러나 드라마에 대한 불만을 청와대에 호소하다니……. 발상이 놀라울 뿐이다.

청원인의 주장은 이렇다. "〈미스터 션샤인〉에서는 피해국과 가해국 입장이 묘하게 전복되어 있습니다. 극에서 연출된 악역들의 대부분이 조선인이며, 〔도〕자기 장인의 제자가 한국인이 아닌 일본인으로 등장하고, 조선의 문화가 '미개'하다는 연출이 계속해서 보입니다. 극을 끌고 나가는 주축, 주·조연들이 여주인공 고애신을 제외하면 일본인들이며 그들 개개인에게 부여된 서사 역시 '조선'이라는 나라를 피해국이 아닌 그것을 '자초한 쪽'으로 묘사하고 있습니다."

식민 지배에 우리의 자초나 그들의 의도가 무슨 소용이 있는가. 무의미한 얘기다. 약육강식론도 한탄일 뿐 원인이 아니다. 서구가 비서구를 점령했을 때, '우리' 입장에서는 침략이었지만 '그들'은 야만인의 문명화라는 사명으로 고뇌했다. 서구에서부터 시작된 근대와 자본주의는 '원인이 없다'. '자본의 운동'이었을 뿐이다. 서구인들은 전 세계로 뻗어 나갔고, 한반도의 고통스러운 현대사는 그들의 대리전이자 후폭풍이었다. 그리고 (반대로) 지금 우리는 '한류'를 무기로 삼아 아류 제국주의를 꿈꾸고 있다. 말할 것도 없이 〈미스터 션샤인〉도 그 '무기' 중 하나로 기획되었다.

강대국과 약소국의 관계를 젠더 혹은 계급에 비유해보자. 남성과 부자 중에서, 자신이 여성과 가난한 이들을 착취한다고 생각하는 이들은 별로 없다. 오히려 '역차별'을 주장하고 있지 않은가?

사실, 이 글을 쓰게 된 직접적 계기는 〈미스터 션샤인〉에 다음과 같은 대사가 나왔기 때문이다. 조선 명문가를 대표하는 고사홍(이호재)은 미국인 장교 유진 초이(이병헌)가 "조선은 귀댁을 보호하지 않을 것이기에, 혹 보호를 원하신다면 저희가 해드리겠습니다"라고 말하자, 이렇게 위엄을 내세운다. "양이(서양 오랑캐)의 보호보다는, 보호치 않는 조선의 뜻이 있음을 헤아리겠노라." 물론 유진 초이의 목적은 고사홍 집안의 손녀인 고애신(김태리)을 친일파 낭인으로부터 보호하려는 '사적인 마음'의 발로였다.

"조선이 나를 보호하지 못하는 그 뜻을 헤아리겠다." 한반도에서 태어난 나의 복잡한 운명까지 생각하게 하는 말이다. 구한말부터 한국 사회는 누구의 지배를 받는 것이 그나마 나은가,

그 방법은 무엇인가를 두고 '친일파'를 동원해 왔다. 나는 그보다는 '한국 현대사의 뜻'이 무엇인지 헤아리는 논쟁이 절실하다고 생각한다.

이때 경합하는 다양한 '나'의 위치도 중요하다. 관련하여 흥미로운 사실은 내 주변의 많은 여성들이 김태리와 김민정 배우가 맡은 역에 자신들을 동일시했다는 점이다. (중산층) 여성들의 공주병, 주인공병은 늘 나를 불편하게 한다. 나는 한 번도 그 두 여주인공과 나를 동일시한 적이 없다. 나는 조선에서 백정의 자식으로 태어나 비극적으로 부모를 잃고 일제의 앞잡이가 되어 돌아온 '구동매'에게 동일시되었고, 그의 입장에서 드라마를 봤다.

주인이 바뀌었을 뿐

고사홍 대감이 미군의 보호를 거절한 이유는 조선에 대한 자부심이나 애국심 때문이 아니다. 그 자신이 조선 왕조 5백 년 역사의 기득권자이기 때문이다. 애국심은 자기 처지에서 나오는 것이다. 그래서 그나마 인격이 성숙한 양반이나 근대적 낭만으로 '불꽃으로 살고 싶은 자'(고애신) 혹은 사명감 같은 이데올로기를 간직한 자는 조선을 위해 목숨을 바친다. 그러나 사리사욕이 앞선 자, 원래 핍박받은 자들은 공동체의 운명에 대체로 관심이 없다. 자연스러운 일 아닌가.

조선이든 대한민국이든 국가를 비롯해서 어느 공동체나 그 구성원들은 평등하지 않다. 지금의 신자유주의 시대 역시 신분 사회지만 조선은 아예 신분이 법으로 규정된 사회였다. 노비의 입장에서, 백정의 입장에서, 여성의 입장에서 나라를 빼앗긴다는 것은 무슨 의미인가. 주인도 많다.

일본군 위안부 동원도 그들의 아버지, 한국인 업자 같은 한국 남성의 협조 없이는 불가능한 일이었다. 또한 군 위안부 여성들의 피해 경험을 들어보면, 일본군을 상대한 일보다 한국에 돌아와서 미군 기지촌에서 일하거나 가족과 남편에게 구타당한 것이 더 억울하고 몸도 더 상했다는 증언도 많다.

국가 내부에서 모든 사람이 국민인 것은 아니다. 어떤 사람은 국민이기보다는 여성, 장애인, 동성애자, 지방 사람이다. 국민이라는 이름으로 봉합될 뿐이다. 이 봉합은 일상적으로 찢어지고 다시 꿰매지고를 반복하다가, 어느 순간 완전히 터져서 혁명이 일어날 수도 있고 주권을 빼앗길 수도 있다.

나라의 사정은 식민 지배와 함께 찾아온 자신도 모를 운명의 비극을 맞았지만, 구한말 개인들의 사정은 모두 달랐다. 바로 그렇기 때문에 새로운 질서가 성립될 가능성이 있었다. 〈미스터 션샤인〉에서 노비 출신인 유진 초이와 백정 출신인 구동매(유연석), 양반 출신이지만 여성이었기에 자유가 없었던 이양화(김민정)는 신분이 바뀌었다. 낮은 계층 여성들은 기독교의 영향으로 집 밖으로 나와 글을 배울 수 있었다. 원래 국가 내부의 차이가 국가 간의 차이보다 큰 법이고 격동기에는 더욱 그렇다.

드라마에서 흔들리는 신분제는 경어체로 드러난다. 때문에 이 드라마의 대사를 알아듣는 데는 고도의 한국적 맥락이 필요하다. "외국인에게는 어렵다"는 일반적인 의미가 아니다. 김은숙 작가의 대사와 스토리 전개 방식은 이제까지 그의 작품 중에서 가장 뛰어난 듯하다(예를 들어 "통성명, 악수, 포옹 그다음은 그리움인 모양이오." 이런 대사가 대표적이다. 그리고 이 말, 정말 맞다). 이 드라마에서 신분제의 붕괴와 (식민주의와 함께) 등장한 근대성은, 같은 사람들이 다른 말을 사용하는 장면으로 요약할 수 있다. 포수인 장승구(최무성)와 고애신은 반상 관계이면서 사제 관계다. 포수는 이전의 '아씨'를 제자로 두고, 양반가 여성은 예전의 '자네'를 '스승님'이라고 부른다.

유관순 누나? 민족의 대표가 여성일 때

윤종찬 감독의 〈청연(青燕)〉(2005년)은 그의 걸작인 〈소름〉 이후 나를 실망시키지 않은 작품이었지만, 역시 친일 논란으로 고난을 겪었다. 최초의 민간인 여성 비행사로 알려진 박경원을 다룬 〈청연〉의 첫 장면은 남루한 옷을 입은 조선의 소녀가 비행기를 따라 들판을 내달리는 데서 시작한다. 내게 이 장면은 영화의 주제처럼 보였다. 가난한 나라의 가난한 소녀의 힘찬 달리기. 그 꿈을 재현한 듯한 장면이 지금도 생생하다.

이 영화는 조선인의 우수성을 보여주는 '민족주의' 영화다. 다만 민족의 대표가 기존과 달리 남성이 아니라 여성이다. 이 단 한 가지 이유만으로 이 영화는 친일 논란에 휩싸였다. 한국 사회에서 늘 재연되는 장면. 맹목적 대중 심리가 배타적 국가주의와 만나 '생각 정지' 상태에 이르고, '일본 앞에 우리는 공동 운명'이라는 퇴행적 민족주의가 저항적 민족주의로 둔갑한다. 이 과정에서 국민들 사이의 차이(이 경우는 성차별)는 은폐되고, 시선은 모두 '외부의 적'을 향하게 된다.

여성이 자아실현을 하는 데 일본인의 도움을 받으면 '친일 행적'이고 그런 인물을 다루면 '친일 영화'인가? 당시 남성 지식인 대부분은 일본에서 공부했다. 〈청연〉은 여성에게 '친일'과 '민족'의 의미가 무엇인지 묻는다. 여성은 민족의 주체가 아니라 민족을 재현하는 대상일 때만 유용하다. 유관순은 종종 '열사'로 불리기도 하지만 '이봉창 열사'에 비해서는 그 경우가 훨씬 적다. 거의 대부분 '유관순 누나'로 불린다. (나는 "유관순 언니"라고 말한 적이 있는데, 어떤 남성이 "레즈비언이세요?"라고 물었다.)

친일이 불가피했다거나 사소한 일이라거나 모든 민족주의는 같다는 말이 아니다. 친일 청산은 절대 선, 당위적인 진실이 아니라 경합하는 언설이라는 것이다. 문제는 "친일파다!" 이 한마디가 경합해야 할 담론장의 다른 목소리를 모두 내쫓는다는 데 있다.

가부장제와 이성애는 쌍생(雙生)한다. 남자가 '출세'하면 여자가 따르고 남자들은 그에게 아부하지만, 여자가 '성공'하면 남자는 떠나고 여자들은 그를 시기한다. 〈청연〉은 기존의 이성애 법칙에 도전한다. 이 영화에서 남자 주인공 한지혁(김주혁)이 박경원(장진영)을 사랑하는 이유는 그가 '똑똑하고 야망에 불타며 고집이 센' 데다가, 특히 그를 통해 '세상과 만날 수 있기' 때문이다. 〈청연〉에서 남성은 여성을 통해 공적 영역에 진출하며, 여성의 꿈을 지원하기 위해 목숨을 바친다. 기존 젠더 법칙과 반대다.

박경원과 비슷한 시대를 산 마리 퀴리는 첫 노벨상을 수상한 뒤에도, 남편 연구실에서 더부살이했고 직장을 구할 수 없었다. 핵분열 현상을 발견하여 베를린 과학아카데미 첫 여성 회원이 된 물리학자 리제 마이트너는 연구소에 여성이 출입할 수 없다고 주장하는 남자들 때문에 정문을 이용하지 못하고 청소부용 지하 뒷문으로 다녀야 했다. 나사(NASA)의 프로젝트에 선발된 '흑인' 여성 과학자 이야기를 다루는 영화 〈히든 피겨스〉(2016년)에서도 비슷한 장면이 나온다. 당시는 무려 1960년대. 우리는 미국 사회의 합리성에 대한 환상을 버려야 한다!

박경원은 어땠을까? 일제 강점기 너무 가난했던 한 소녀가 현모양처이자 독립운동가이자 훌륭한 비행사…… 이것이 가능했을까? 아니면, 관객의 바람대로 이 모든 것을 다 해내거나 '독립운동가의 아내로만' 헌신해야만 했을까.

개인의 삶도 복잡한데, 국제 정세가 얽혀 있는 나라를 되찾는 일은 얼마나 복잡하겠는가. 탈식민주의 이론의 시원인 프란츠 파농은 민족 해방 투쟁(독립운동)은 빼앗기기 이전 시대로 돌아가는 것이 아니라 새로운 사회를 만드는 일이라고 주장했다. 탈식민주의, 즉 포스트콜로니얼(post colonial)은 과거에 식민 지배를 겪은 국가들이 형식상의 주권은 되찾았지만 여전히 전 지구적 자본주의에서 자유롭지 못하며 문화적, 사회적으로 가해국에 대한 피해 의식, 동일시 욕망, 경쟁심, 원한 등에 시달리고 있는 상태를 말한다. 벗어나지 못한 것이다. 나는 가장 '웃긴' 사례가 '코먼웰스 게임(Commonwealth Games)'이라고 생각한다. 이들의 공통점은 예전에 대영제국의 식민지였다는 것이다. 이 무슨 정체성인가? 같은 주인을 모신 나라들의 운동 경기?

물론 아일랜드처럼 8백 년이나 영국의 식민 지배를 받았지만, 끝까지 싸워 독립을 쟁취한 국가도 있다. 당연히 '코먼웰스' 회원국도 아니다. 그러나 더 근본적인 것은 인도나 말레이시아를 비롯해 영국의 지배를 받은 국가들도 내부 구성원의 생각이 같지 않다는 사실이다. 우리에게도 친미(親美), 반미(反美), 숭미(崇美), 용미(用美)…… 다양한 입장을 지닌 이들이 있는 것처럼 말이다.

모든 연대는 정의인가

기억의 전쟁

······ 문이 열리고 내면의 모순이 드러나면 양립할 수 없는 것들이 충돌하기 때문에 정치적으로 올바른 발언을 하기는커녕, 나 자신에게조차 말이 되게 설명할 수 없다. 그런 이유로 이랬다저랬다 하고 뭉개버리고 ······ 여기 사람들은 대부분 스스로를 보호하고자 진심을 말하지 않는 한편, 누가 자기 진심을 읽으려고 하면 상대가 마음에 드는 가장 위쪽 상태만 드러내고 진짜 생각이 무엇인지 의식의 수풀 안에 감춘다.* - 애나 번스

---

* 《밀크맨》, 애나 번스 지음, 홍한별 옮김, 창비, 2019.

불편한 글

미리 말해 두자면, 이 글은 많은 이들에게 다소 혹은 매우 불편한 글이 될 것이다. 불편한 글일수록 잘 써야 하는데, 그렇지 못한 나는 부끄럽고 부끄러울 뿐이다. 영화평론가 김소미는 〈기억의 전쟁〉(2018년)에 대해 이렇게 평을 남겼다. "살아남아 소외된 존재의 환기, 복원 그리고 각인" 그의 정확한 평가에 동의한다. 그러므로 일반적인 상찬은 생략한다.

이 작품은 여성주의 감독의 시대적 성취다. 이길보라 감독의 〈기억의 전쟁〉은 공수창 감독의 〈알포인트〉와 함께 베트남전을 소재로 한 한국 영화의 전환점이라 할 만하다. 〈기억의 전쟁〉이 '민주 정부 이후 한국 사회의 양심과 책임'의 상징을 넘어 새로운 논쟁의 시작이 되기를 희망한다. 그러나 이 희망의 실천은 제작진만의 역할이 아니다.

모든 텍스트가 그렇지만 특히 〈기억의 전쟁〉은 다양한 목소리의 개입과 논쟁이 필수적이다. 작품 '보다' 텍스트 안팎을 넘나드는 콘텍스트(con/text)가 더 중요하게 작용하는 경우가 있다. 우리 사회에는 '베트남'에 대한 역사적 축적이 거의 없다. '베트남'은 한국 현대사에서 일본, 북한, 미국, 중국 이후 최초로 등장한 한국 사회의 중요한 외부가 되어 가고 있다.

베트남전에 대한 문제의식은 참전 경험이 있는 남성 작가들의 문학 작품으로 시작되었다. 어린이용 만화까지 등장한 "미제국주의의 야욕을 구조적으로 파헤친 걸작"이라는 황석영의 《무기의 그늘》(1988년), 결은 좀 다르지만 박영한의 《머나먼 쏭바강》(1978년), 안정효의 《하얀 전쟁》(1983년)은 전쟁의 고통과 고뇌를 비판적으로 다룬다. 1990년대부터 김남일, 방현석을 비롯한 소설가들과 구수정, 김현아, 고경태, 박태균 등 지식인들이 베트남전의 의미를 문제 제기해 왔다. 한국 사회는 이들의 선구적 작업에 빚지고 있다.

나는 위에 적은 모든 이들에게 경의를 표한다. 4·3이나 5·18, 군 위안부 문제 등 한국 현대사의 격통을 인식하는 일은 언제나 자기 자신에 대한 쉽지 않은 직면이다. 더구나 '우리'가 유례없는(?) 가해자였던 베트남전의 실상에 다가가는 작업은, 외세에 대한 피해 의식에 시달려 왔던 '우리'에게 또 다른 도전이고 누구나 이 과정에서 길을 잃기 쉬운 법이다.

내게 〈기억의 전쟁〉에서 가장 인상적인 장면은 한국군의 만행을 증언하는 여성이 "(증언의 대가로) 돈을 받은 적은 절대 없다"고 강조하는 대목이다. 그리고 나서 그는 다소 '주눅 든' 목소리로 "(하지만) 선물 정도 받을 뿐이다"라고 말한다. 이 영화에 대한 나의 모든 감정과 판단은 여기에서 멈추었다. 이 장면이 실마리가 되어 평소 한국의 사회운동, 일본군 위안부에 대한 생각이 한꺼번에 밀려들면서 나는 어지러워졌다.* 현기증과 분노로 생각은 '일시 정지' 상태가 되었고, 그다음 분량은 두 번째 관람에서 마저 보았다. 물론 여기서 분노는 작품에 대한 것이 아니라 '우리'를 상기하면서 나온 것이다.

어떤 면에서 이 글은 순전히 이 장면에 대한 이야기다. 작품에서 이 장면은 중요하게 다루어지지 않고, 감독의 입장도 드러나 있지 않다. 하지만 나는 이 장면이 이길보라 감독처럼 베트남과 한국, 한국과 일본의 관계를 고민하는 이들에게 화두가 되어야 할 중요한 지점이라고 생각한다. 내게 〈기억의 전쟁〉은 국제 관계뿐 아니라 이른바 '진보 세력'(촛불, 민주화, 586……)과 이후 한국 사회를 생각하는 데 매우 중요한 실마리를 주는 작품이다.

한국 사회에서 가해자로서 일본의 위상과 베트남 사회에서 가해자로서 한국의 위상은 형식, 시기, 관계 면에서 당연히 다르다. '공식적인' 식민 지배(전자)와 미국의 용병으로서 참전(후자)에서부터 여성 섹슈얼리티까지 그러하다. 베트남 여성에 대한 한국군의 성폭력은 한국과 베트남 관계에서 본격적으로 논의되지 않고 있다. 1970년대 이후 일본 남성의 한국 '기생 관광'과 한국 남성의 베트남 '섹스 투어'가 각국 경제에 미친 영향은

* 자세한 내용은 다음을 참조하라. "포스트 식민주의와 여성에 대한 폭력", 정희진,《문학동네》, 통권 86호(2016 봄), 2016.

비슷할지 모르겠지만 말이다.

한 가지 숙고해야 할 점이 있다면, 당시에 미국 당국이 베트남군과 민간인에게 저지른 한국군의 유별난 가학 행위와 만행 때문에 골치를 앓았다는 사실이다. 아군으로서 통제되지 않는 한국군은 미군에게 '도움이 되지 않았다'. 나는 개인적으로 몇몇 한국군 참전 군인의 '증언'(과장된 무용담)을 들었는데, 미국의 미라이 학살(My Lai Massacre, 1968년 3월 16일 남베트남 미라이에서 미군이 벌인 민간인 대량 학살 사건) 못지않았다. 이러한 잔인한 한국의 남성성을 어떻게 설명해야 할까. 경제력이나 지식 같은 '고급 자원' 없는 종속적 남성성, 식민지 남성성의 폭력?

베트남에 대한 우리의 생각

내가 처음 베트남전에 대해 알게 된 시기는 대학생 때였다. 《사이공의 흰옷》이 계기였다. 내가 읽은 《사이공의 흰옷》은 1986년에 '친구'라는 출판사에서 펴낸 것이었는데, 저자는 '구엔 반봉'이라 되어 있었고(지금은 응우옌 반봉으로 표기되어 있다) 역자는 '편집실'이었다. 1980년대에는 역자를 밝히는 것이 위험한 경우가 많았다. 당국이 문제 삼는 책을 읽기만 해도 잡혀가는 마당에 번역이나 제작은 당연히 국가보안법의 그물에서 자유롭지 않았다. 그래서 옮긴이의 이름이 없는 '편집실' 번역본이 많았다.

이 작품은 1960년을 전후로 사이공(지금의 호치민시)에서 남베트남민족해방전선에 참여한 베트남 젊은이들의 혁명 운동을 다룬 소설이다. 1980년대에는 보편적인 관점에서, 혁명의 모델로서 베트남에 대한 이야기로 읽었다. 추상적인 관념으로 타자화되고 낭만화된 먼 나라의 이야기였다. 저가 항공이 없었던 30년 전 이야기이다. 지금 한국에서 코리안드림을 꿈꾸는 베트남 이주노동자나 한국 남성과 결혼한 베트남 여성의 삶과는 연결할 수 없는 미지의 세계였다.

그 다음으로 읽은 텍스트는 소위 '아시아 담론'이 유행할 때, 일본인 학자의 권유로 접한 바오 닌의 장편 소설 《전쟁의 슬픔》(1990년)이었다. 전 세계 16개 이상의 언어로 출간되었고 많은 문학상을 수상했다. 이 작품은 참전한 베트남 지식인의 시각에서 본 전쟁 경험이다. 처음에는 베트남어에서 프랑스어로 번역되고 다시 한국어로 중역된 작품을 읽었지만, 지금은 베트남어 판본을 한국어로 바로 번역한 책이 출간되어 있다. 그만큼 베트남은 '가까워졌다'. 이 작품은 내가 여러 번 읽은 '소설'(나는 이 작품의 장르를 정의할 수 없다)이다. 그 구체성과 당사자성에 충격과 감동을 받았다. 아니, 감동이라는 상투어는 창피하다. 새로운 세계였다.

바오 닌은 베트남 정부의 공식 입장에 어울리는 사람은 아니지만, 베트남 문학을 세계에 알린 대표적인 작가로서 존경받고 때론 영웅시된다. 한국의 민족 문학 계열 작가들에게는 특히 그러하다. 그러나 나는 그가 오랫동안 우울증과 알코올중독, 허무주의로 고통받고 있음을 안다. 책 내용은 전쟁 영웅 이야기가 아니다. 내가 읽은 그 어느 전쟁 이야기보다 끔찍하다. 전형적인 전쟁 이미지보다는 정글이 먼저 떠오를 정도다. 그런 전쟁을 온몸으로 겪은 작가에게 이후 인생은 그 경험과의 싸움일 것이다. 그렇지 않다면 예술가로서 오히려 '비정상'이 아닐까. 대개 작가나 평화운동가의 입장은 정부나 사회의 주류 담론과 다른 경우가 많다. 전쟁처럼 비공식적 기억과 '국가의 기록'이 다른 인생사가 또 있을까.

《전쟁의 슬픔》에는 양심, 혁명의 환희 같은 이야기가 없다. 제목 그대로 회복할 수 없는 슬픔이 한없이 흐른다. 글을 타고 사상과 감정이 흐르는 것이다. 책 내용 중에는 원숭이를 죽이고 그 가죽 속에서 원숭이로 살면서 전쟁을 피한 '정글 원숭이 인간' 이야기가 나온다. 이 책을 읽다 보면 '세계사를 바꾼' 미국을 이긴 베트남에 대한 일반적인 평가가 얼마나 하나 마나 한 이야기인지 그리고 비윤리적인 이야기인지 절감하게 된다. 평온한 '선진국' 대학의 국제정치학 강의실에서 타인의 고통을 데이터 삼아 떠드는 것이다.

이 소설은 전쟁을 경험한 인간의 조건에 대해 생각하지 않을 수 없게 만드는데, 나는 "인간의 조건"이라고 써놓고 멈칫한다. 미국인의 시각에서 그리고 미국인과 동일시하는 대부분 한국인의 입장에서, 우리는 베트남인을 '같은 인간'이라고 생각하는가. 끔찍한 질문이지만, 우선 나에게 묻는다.

나중에 여성주의 국제정치학을 공부하면서 나는 국제관계사에서 우리에게는 익숙지 않은 '베트남'의 중요성과 위대함을 깨달았다. 그들'도' 한자를 사용하는 한·중·일에 이은 세계 4대 한자 문화권이라는 사실, 지정학적으로 중국을 머리에 이고 있는 상황에서 강대국 중국에 지혜롭게 대처한 약소국의 모범 사례라는 역사적 배경도 알게 되었다. 베트남 내부에도 수많은 소수 민족이 있고 그들에 대한 탄압이 있지만, 어쨌든 베트남은 '우수한 문명국'이다. 그리고 결국 미국을 물리쳤다.

누구의 목소리? 누구를 위한 목소리?

〈기억의 전쟁〉은 'K-민주화'를 상징하는 영상물이 될 것인가? 이 작품은 누구의 목소리인가. 우리를 반성하는 작품인가. 그들을 위한 작품인가. 이 텍스트에 등장하는 기억과 증언은 무조건 진실인가. 일본에 대해서는 저항하고 베트남에 대해서는 반성하는, 산업화와 민주화에 동시에 성공한 우리들의 이야기인가.

제작진의 의도는 그렇지 않았겠지만 "일본에게 사과받기 위해서는, 우리 역시 베트남에 사과해야 한다"는 한국 사회의 무의식이 반영되어 있지 않았을까. 나는 이 작품이 '한국인의 양심'의 증거로 간주되면 안 된다고 생각한다. 같은 베트남 전쟁을 다룬 〈알포인트〉(2004년)는 그들이 아니라 우리를 설명하는 성찰적인 텍스트임이 분명하다. 〈알포인트〉는 베트남을 대상화하지 않으면서, 참전 남성의 이중적 의식, 피해 의식과 우월 의식을 다룬다. 이 영화의 주인공들은 타자를 거쳐서 자신을 설명하지 않는다. 이 작품은 베트남이나 미국과 무관하게, 즉 외부를 핑계 삼지 않으면서 한국 남성 자신의 공포와 인간성 파괴와 자기 도착(倒錯)이라는 전쟁의 보편적 의미를 탐구한다.

구한말의 공포와 혼란, 식민지, 분단과 전쟁으로 이어진 한국 현대사를 지배하는 주된 문화는 피해 의식이다. 이 피해 의식은 다양한 모습으로 한국 사회를 변주해 왔다. 서구를 따라잡아야 한다는 추격 발전(catch-up development)의 원동력이었으며, 극단적 반공·반일·반미 의식의 근원이었다. 부국강병과 정상 국가 건설은 진보와 보수를 불문한 강박이었고, 기후 위기로 지구가 몰락할 이 상황에서도 그러하다. 팬데믹 시대에도 근대 국가의 정상성을 꿈꾸고 있다.

최근 'K-'로 상징되는 문화적, 경제적 아류 제국주의는 공식적으로는 우월 의식이지만, 신자유주의 시대를 살아가는 한국 사회 내부 개인의 일상은 피해 의식과 불안으로 점철되어 있다. 각자도생의 생활 환경에서 우리는 끊임없이 자기 양심과 협상하며 일상을 산다. 살아남기 위해서는 누구나 정도와 자책감의 차이가 있을 뿐 나쁜 행동을 피할 수 없는 시대다. 신자유주의 시대의 유일한 윤리적 주체가 '피해자'인 이유다. 모두 "내가 피해자"라고 주장한다. 누가 피해자인지에 대한 논쟁은 없고, 피해자의 목소리는 무조건 옳다고 간주된다.

한일 관계에서 우리가 영원히 윤리적일 수 있는 이유도 군 위안부가 존재하기 때문이다. 해석하기조차 두려운 관련 운동가의 말. "우리에게는 일본을 압박할 레버리지(지렛대), 군 위안부가 있다." 이 말은 무엇을 의미하는가. 군 위안부 피해자, 그들과 함께한 운동가, 관련 연구자는 '실제'와 무관하게 대의를 위해 헌신한 윤리적 존재로 간주된다. 정의와 기억을 독점해 왔고, 이 와중에 '윤미향 사태'는 필연적이었다. 그래서 명백한 사실조차 보수 언론의 음모로 간주될 뿐 누구도 연구하거나 취재하지 않는다.

〈기억의 전쟁〉에서 가장 억지스러운, 그러면서도 익숙한 장면은 베트남전 증언자가 수요집회에서 군 위안부와 만나는 장면이다. 일본 대사관 앞의 '수요집회' 참여, '나눔의 집' 방문, '소녀상' 설치 운동 등은 지난 30년간 일본을 향한 저항의 상징이 되어 다크 투어리즘으로, 학생들의 스펙 쌓기용 봉사 활동으로, 최근에는 후원금 횡령 혐의로까지 그 의미가 '발전'해 왔다. 나에게도 1992년부터 여성 단체 상근자로서, 이후로는 외국인 지인이 한국을 방문할 때 함께하는 필수 관광 코스였다.

한국과 일본 관계에서 한국의 위치와 한국과 베트남 관계에서 한국의 위치가 완전히 다름에도, 이 장면은 베트남전 증언자와 일본군 위안부의 만남으로, (무조건) 양심과 저항의 연대처럼 언뜻 자연스러워 보인다. 그런데 베트남인에게 한국인의 피해는 무슨 의미가 있을까. 그저 '한국의 양심'을 두 나라에서 동시에 실천하고 있다고 생각하는 한국 시민 사회의 단면을 전시하는 방식이 아닐까. 한국의 군 위안부 운동의 '성공'은 피해자를 선별하고 그들의 목소리를 규제하는 규범적인 피해자 양산과 부패와 연결되어 있고, 이는 이용수 님의 '폭로'로 세상에 알려졌다.

다시 〈기억의 전쟁〉 속 수요집회 장면으로 가보자. 군 위안부와 독도 등 한일 관계의 역사는 복잡하다. 아니, 일본은 우리의 그늘진 근대였다. 반면 베트남에서 현재 한국은 '아직은' 경제협력과 'K-팝', '박항서'이다. 베트남전 증언 여성의 입장에서 수요집회는 자신의 문제와 무관한 가해국의 행동에 동참한 것일 뿐이다. 이 상황이 국가 단위를 넘어선 피해 여성들의 초국가적(transnational) 연대라면 의미가 있지만, 앞에서 말했듯 피해 사안이 다르고 투쟁의 역사가 다르다.

아주 유연하게 말한다면, 이제 군 위안부 관련 운동가와 연구자들은 '양심과 윤리' 그리고 연구 지원금이라는 실제적인 권력을 획득했다. 이러한 환경에서 〈기억의 전쟁〉은 안전한 텍스트가 된다. 작품 전반에 걸쳐 불편한 장면이 거의 없고 자연스럽다. 저항을 멈추지 않는 군 위안부 운동, 베트남에 대해서는 양심을 실천하는 한국의 지식인과 시민 사회 인사들……. 이 텍스트에는 경합하거나 모순되는 장면이 거의 등장하지 않는다. 나는 '가해자로서 우리'를 그린 〈기억의 전쟁〉의 가능성과 확장성은 한국의 군 위안부 운동에 대한 연구와 논쟁 없이는 불가능하다고 생각한다.

그렇다면 〈기억의 전쟁〉의 목소리는 누구를 향하고 있는가. 베트남 사회인가, 한국 사회인가. 한국 사회라면, 누구인가. 나는 이것이 분명치 않다고 느꼈다. 그리하여 자칫, '자기만족적' 텍스트가 되지 않을까 걱정스럽다. 사실 〈기억의 전쟁〉은 누구도 쉽게 비판하기 어렵다. 그 이유 중 하나는 '장애 문제를 다루어 온 페미니스트 여성 감독'이라는 정치적으로 올바른 '이길보라'의 위치 때문이다. 흠잡을 데 없지만 논쟁적이지도 않은 이유다.

기억과 연대는 반드시 정의인가

'우리를 반성하는' 이길보라의 〈기억의 전쟁〉과 '자신에 대해 말하는' 바오 닌의 《전쟁의 슬픔》은 만날 수 있을까? 작가의 나이 차는 38년이고, 작품의 나이 차는 28년이다. 상상할 수 없는 경험의 절벽이다. 두 작품의 주된 청중은 누구인가. 나는 만날 수 없다고 본다.

그리고 이 사실을 인정하는 데서부터 이 영화에 대한 토론이 이루어져야 한다고 생각한다. 이는 이길보라 감독의 위치를 묻는 동시에, 이 작품을 둘러싼 수많은 다른 입장들이 '기억의 전쟁'에 개입해야 한다는 뜻이다. 그러지 않으면 이 작품은 안타깝게도, 그저 평범한 '좋은' 작품에 그칠 것이다.

이 작품을 선의의 한국인 관객들이 아닌, 다음과 같은 사람들이 같이 보고 토론한다면 어떨까. 베트남 정부, 베트남 전쟁을 겪은 허무주의자, 만행을 증언하는 경험자, 양심적 일본인, 극우 일본인, 일본인 페미니스트, 자이니치(在日) 페미니스트…… 그리고 한국의 여성운동가와 평화운동가, 한국의 극우 민족주의자와 좌파 민족주의 세력, 이들과 다른 입장을 가진 이들(예를 들어 군 위안부의 다양한 목소리를 드러내는 작업과 사태의 본질을 착각한 박유하나 정대협의 운동 방식에 문제 제기하는 다른 많은 페미니스트들)은 이 영화를 어떻게 볼 것인가.

이 영화를 만들고 찬사를 보내는 한국인들은, 자국의 식민 지배를 참회하는 일본의 양심적 시민과 비슷한 사람들인가. 한국과 일본 관계는 한국과 베트남 관계와 어떻게 다른가. 이 작품에 등장하는 베트남인 증인들은 그 사회에서 한국의 군 위안부 같은 시민권 혹은 위상을 지니는가. 한국 정부와 베트남 정부가 갈등하는 시점이 오면, 이들은 그 사회에서 어떤 경험을 하게 될까.

이 글 서두에 인용한 이야기는 나의 고통을 대변한다. 내가 생각하는 페미니즘은 기존의 정치적 대립 구도가 누구의 경험을 기준으로 한 것인가를 묻는 것이다. 페미니즘은 진상 규명이나 진실보다는 누가 협상 자리에 앉아 있지 않은지, 누구의 관심사가 명확히 표현되지 않는지, 누구의 이득이 표명되지 않는지, 누구의 진실이 발언되거나 인정되지 않는지, 우리가 놓치고 있는 진실을 찾아내려 한다.

영화 속에서 자신은 돈을 받지 않는다는 베트남 여성 증언자의 '외침'은 무엇을 의미하는가. 일반적인 연구에서 필요한 인터뷰나 현지 조사에서도 정보 제공자(informant)의 시간과 노동에 대해 사례를 한다. 여성 폭력 피해 여성이나 성 산업에 종사하는 여성들을 인터뷰한 나의 경우, 사례를 하거나 그들에게 필요한 다른 정보나 상담을 제공한다. 호혜적 관계가 되려고 노력한다.

베트남전의 한국인 학살을 겪고 이를 증언한 이들은 돈을 받으면 안 되는가? 선물이든 돈이든 사례하지 않는다면 이중 착취 아닌가? 그들이 왜 한국인의 양심과 진상 규명을 위해 자발적으로 협력해야 하는가. 돈을 받으면 순수한 증언이 아닌가? 이후 한국인의 만행이 베트남 사회에서 중요한 정치적 문제가 되었을 때, 증언들은 여러 요소에 의해 달라질 수 있다. 돈, 선물을 넘어 사회적 압력, 한국인과 친분 관계…… 이것은 나쁜 현상이 아니라 필연적인 논쟁거리다. 증언사가 기록 문서만큼이나 난제인 이유다. 한국 사회는 이 문제를 직시하지 못했을 뿐만 아니라 '다른 목소리'를 허용하지 않았다.

한국 사회가 일본에 진정 요구하는 바는 무엇인가, 군 위안부 운동의 청중은 누구인가. 일본의 우익을 대상으로 하는 군 위안부 운동이 무슨 의미일까? 나는 청중이 한국 사회, 우리 자신이어야 한다고 생각한다. 그래서 전시 성폭력과 미투 운동이 연결된다. 이 점이 근본적인 고민이 되어야 하지 않을까. 한국 사회가 식민 지배와 관련해서 일본에 요구하는 사항은 실상, 일본 사회 스스로 해결해야 할 문제들이 대부분이다. 이 논의는 군 위안부 운동과 한일 관계가 대중에게 제대로 안 알려졌기 때문에 복잡성을 더한다.

예를 들면 고이즈미나 아베 총리'도' 피해자들에게 사과를 했지만, 한국 사회는 그들이 변화를 보이더라도 진정성을 문제 삼아 받아들이지 않았다("개인적 차원의 사과다", "애매한 표현이다", "말 바꾸기다", "강제 동원을 인정하지 않는다"……). 일왕과 우익을 포함한(현 나루히토 일왕은 총리보다 진보적이다), 일본 사회 전체의 진정한 사과를 요구하는 일은 '해결'과 거리가 멀다. 독일 국민도 과거사에 대한 입장이 동일하지 않다.

저항은 우리 자신의 변화와 성장을 위한 것이지, 피해자 정체성을 인정받기 위한 투쟁이 아니다. 가해자의 권력과 지위는 피해자 없이 구성되지 않는다. 나의 고통은 상대방 권력의 크기를 의미한다. 물론 이는 군 위안부의 역사를 부정하는 일이 아니라 이 피해에 대한 관점을 전환하는 의식과 문화의 탈식민을 의미한다.

2002년 미군 장갑차 사건에서 일부 민족주의 운동 집단은 피해자 가족에게 미군 당국으로부터 보상금을 받지 못하게 했다. 일명 고노 담화(1993년 8월 당시 관방장관 고노 요헤이가 군 위안부의 강제성을 인정하고 사과했다)와 일본의 민관 합동이 마련한 소위 국민 기금('여성을 위한 아시아 평화 국민 기금') 수령을 둘러싸고 정대협, 피해 할머니, 일본 담당부, 한국 외교부 간에 격렬한 갈등이 있었다는 사실은 비밀이 아니다. 이용수 님 기자 회견의 오래된 전제이기도 하다. 그의 회견의 의미가 간단치 않은 이유다.

한국 사회(정대협)는 "돈을 받으면, 순결한 민족의 피해자가 아니라 매춘 여성이 된다"고 피해 여성들을 억압했고, 여기에 문제를 제기하는 연구자나 운동가는 매장, 아니 그 이상의 차마 말할 수조차 없는 억압을 당했다. 인생을 '날린' 이들도 많다는 의미다. 연구는 발전하지 못했다. 이러한 상황에서 한국 사회운동은 피해자를 담보 삼는 반인권적 행위로 타락했다. 정대협 관계 인사들의 돈 문제는 오히려 부차적이다. 성역화되어 아무도 말할 수 없는 사회운동이 아직까지도 지지를 받을 수 있는 구조는 무엇인가.

내가 생각하는 '기억의 연대'는 우리의 잘못을 기억하자는 강박이 아니다. 매우 당파적인 일이라고 생각한다. 필요한 것은 각자의 자리를 알고, 차이를 인정하는 기억의 경합이다. 피해 사건이 나의 일상이 아닌 이상, 기억 투쟁은 가능하지 않다.

프랑스 식민 통치(1885년~1945년) 초기에 프랑스 관리들은 베트남에 쥐가 많은 것에 놀랐다. 쥐를 퇴치하기 위해 쥐꼬리를 모아 오면 작은 금액을 지불한다는 정책을 폈다. 시간이 지나자 베트남 사람들은 돈을 벌기 위해 쥐를 기르기 시작했다. 아는 이야기를 쓰다 보니 불가피하게 실화인 프랑스와 베트남의 사례를 들었지만, 이 이야기는 인간의 사회성을 상징한다. 쥐 퇴치는 위생이 아니라 당사자들의 필요(돈)에 의한 것이었기에 실패했다. 대개의 인간은 필요에 의해 행동한다. 그 필요에 윤리는 포함되지 않는 경우가 많다. 기억 투쟁이 어려운 이유다. 타자를 향한 양심적인 행위라기보다, 나(한국 사회)의 필요에 의한 것이어야 가능하다. 한국 사회는 베트남전 참전과 만행에 대해 스스로 사과할 필요성과 이해관계를 갖고 있는가.

탈식민주의 이론가 호미 바바의 말을 빌리면 기억(re/member)은 사지(四肢)가 재조합되는 환골탈태의 과정이다. 기억은 기억하는 자에게 몸의 변태를 요구할 만큼의 고통스러운 일이다. 베트남에 대한 사과. '그들'을 위해서가 아니라 우리 사회가 다른 사회로 변해야 할 절실한 이유가 있는가.

서두의 인용문처럼, 문이 열리고 내면의 모순이 드러나면 양립할 수 없는 것들이 충돌하기 때문에 정치적으로 올바른 발언을 하기는커녕 나 자신에게조차 말이 되게 설명할 수 없다. 그런 이유로 이랬다저랬다 하고 뭉개버리고 만다. 상황에 개입된 사람들은 대부분 스스로 보호하고자 진심을 말하지 않는 한편, 누가 자기 진심을 읽으려고 하면 상대가 마음에 드는 가장 위쪽 상태만 드러내고 진짜 생각이 무엇인지 의식의 수풀 안에 감춘다.

〈기억의 전쟁〉의 영문 제목은 'Untold'인데, 이중의 의미가 있는 듯하다. 코다(CODA) 정체성을 가진 감독의 세계와 말을 빼앗긴 여성화된 타자의 세계가 만나는 듯하다. 그들의 목소리가 내게 격렬한 이명(耳鳴)을 경험케 했다.

　이 작품이 가장 위쪽의 상태만 드러냈다고 평가받기를 바라는 사람은 없을 것이다. 거듭 말하지만 나는 〈기억의 전쟁〉이 '착한 작품'이 아니라 한국 사회에 도전하는 텍스트가 되기를 바란다. 많은 이들이 이 작품을 보고 자기 위치성에 근거하여 대화를 나누어야 한다고 생각한다. 내가 가장 두려운 것은 감독의 의도와 무관하게, 이 작품이 한국인의 양심의 증거가 되는 것이다. 말하기 시작했다는 것은 상상할 수 없는 미지의 세계가 폭발을 기다리고 있다는 의미다. 우리가 무엇을 몰랐던가, 무엇을 숨겼는가를 아는 실마리를 잡았기 때문이다. 〈기억의 전쟁〉이 그 실마리다. 두려운 실마리다.

영화가 내 몸을 지나간 후

2022년 8월 5일 초판 1쇄 발행
2023년 3월 10일 초판 2쇄 발행

- 지은이 ─────── 정희진
- 펴낸이 ─────── 한예원
- 편집 ─────── 이승희, 윤슬기, 양경아, 김지희, 유가람
- 본문 조판 ─────── 성인기획
- 펴낸곳 교양인
  우04015 서울 마포구 망원로6길 57 3층
  전화 : 02)2266-2776 팩스 : 02)2266-2771
  e-mail : gyoyangin@naver.com
  출판등록 : 2003년 10월 13일 제2003-0060

* 잘못 만들어진 책은 바꾸어드립니다.
* 값은 뒤표지에 있습니다.